Fan
ファン文庫

おちこぼれ退魔師の処方箋

常夜と現世の架橋

著　田井ノエル

マイナビ出版

目次

人物紹介
「阿須澄《あすずみ》咲楽《さくら》」

退魔の才能はないが、魔者を『癒す力』を持っている少女。

現在は、常夜にある鴉の薬屋で暮らしている。

表情を作るのが苦手。

「鴉《からす》」

常夜ノ國で魔者向けの薬屋を営んでいる。

咲楽が取り込んだ穢れを喰べてくれる。

現世では人間の姿に化ける。

おちこぼれ退魔師の処方箋

［常夜と現世の架橋］

第一章　常夜と現世

1

椿の花が落ちている。

アスファルトに花弁を散らす様が、血のようだと——以前は感じていた。

しかし、今は、まるで夜に踊る舞姫。そんな美しさがあるとも思える。

「阿須澄《あすずみ》さん、どしたん？」

何気なく椿を見つめていた阿須澄咲楽《さくら》に、声がかかる。同じクラスの渡辺《わたなべ》麻夕里《まゆり》の呼びかけだ。

麻夕里は手に持ったからあげを食べながら、咲楽の顔をのぞき込む。学校帰り、いつもの通学路だ。こうやって、麻夕里と一緒に帰るのが咲楽の日常になっていた。

「あ、いえ……なんとなく、去年のことを思い出してしまって」

椿から目をそらせながら、咲楽は少しだけ笑った。

ずっと、咲楽は上手く笑えなかった。しかし、今は自然と笑顔になれる。ちょっとばかり自信がついてきたのだ。

以前なら考えられなかった日常である。こうやって、友達と呼べる存在ができるのも、帰り道に買い食いして、他愛ない話をするのも。

「うーん、ほうやね。去年よりは笑顔、怖くないかも？」

麻夕里は、からあげを咀嚼《そしゃく》しながら返答してくれる。

「ちょっと引きつってるときもあるけど……」

「あ、そ、そうなんですね……」

「でも、可愛いよ」

「完璧だと思っていました……」

自信があったのに……咲楽は肩を落としてしまう。

ずっと、上手く笑えなかった。それは咲楽の家庭環境が特殊すぎるせいだったが……それだけではない。これまで、咲楽が他者との交流を断ってきたからだ。

人とつきあうのは、むずかしい。まだ学ぶべきことが多そうだ。

咲楽は自分なりに、がんばっていくしかない。逃げるわけにもいかなかった。

「はい、あーん」

麻夕里が爪楊枝《つまようじ》に刺したからあげを差し出してくる。

道ばたで食事など……と、最初は驚いたが、下校途中の食べ歩きを麻夕里は好む。咲楽の知らなかった食べ方やお店をたくさん教えてもらった。これが一般的な高校生活なのかどうかは判断できないが、麻夕里はこういうのが好きらしい。そして、咲楽も「好ましい」と思っていた。

差し出されたからあげを、咲楽は口で受けとるように食べる。やや大きく感じたが、なんとか一口でおさまった。

揚げたては噛むと、鶏ももの肉汁があふれてくる。熱すぎて、咲楽は一瞬だけ顔をゆがめた。カリッとした衣が口内に刺さるようだ。でも、美味しい。ふーふーと白い息を漏らしながら肉を噛むと、しっかりとした下味の風味もわかるようになった。醤油《しょうゆ》ベースの素朴なタレが染み込み、肉が甘くてやわらかい。

「とても……美味しいです。こんなに美味しいからあげ、初めて食べました」

「ちょっと阿須澄さん、大げさなんよ」

「本当のことです」

からあげの味が美味しいのはもちろん。

そして、誰かと一緒に食べるごはんが、美味しいのだ。

これを意識するようになったのも、本当に最近だった。

しばらく、咲楽と麻夕里は他愛もない話をしながら歩いていた。今度は鉄板アイスのお店に行こうとか、クレープが人気らしいとか、そういう話題だ。

「────？」

だが、それとは別に、咲楽の耳に届く音があった。

『どこだ……どこだ……』

低いうめき声のようだ。苦しげで、か細い。そして、必死になにかを探し回っている。

そんな声だった。

辺りを見回すと──あ、いた。

道を横切るように走る、小さな影を確認する。

あれは〝魔者《まもの》〟だ。

妖怪、あやかし、もののけなどとも呼称される者たちの総称だ。この魔者は鼠《ねずみ》の姿をしていた。大きさなどはなんの変哲もないが、目が赤く光り、前歯を剝き出しにして『どこだ……どこだ……』と、ずっと呻《うめ》いている。

彼らは、普通の人間には見えない存在である。当然、隣を歩く麻夕里にも見えていないはずだ。咲楽に見えるのは、〝特殊な能力〟のおかげだった。

阿須澄咲楽は、退魔師である。正確には、そういう知識のある人間だ。咲楽自身は退魔の能力を持たないため、〝おちこぼれ〟の烙印を押されていた。

　咲楽には魔者を退けたり、祓《はら》ったりする能力が一切備わっていない。代わりにあるのが、魔者たちを癒《い》やす力だ。魔者を祓い、人間を守るはずの退魔師なのに、咲楽にはまったく逆の能力が備わっていた。

「あの、渡辺さん！」

「ん？」

　咲楽は麻夕里にどうやって言い訳しようか考える。魔者を追いかけたいが、麻夕里と一緒には行けない。彼女を巻き込みたくなかった。

「その……えっと、ですね。わたし、本が欲しいんです！」

「本？　ああ、本屋さん行く？　ちょうど、うちも参考書買おうと思っとったんよ。三年なるけん、親も勉強しろううるさくってさぁ。ねえ、阿須澄さん成績よかったやん。一緒に選んでくれん？」

「なるほど。受験のための参考書は必要ですね――って、そうじゃないです。ち、違うんです……」

　ついうっかりと、麻夕里と一緒に本屋へ行くのも悪くないと思ってしまう。が、それはまた今度だ。

「違うって？」

「いえ、その……やっぱり本じゃなくて、楽器が欲しくて！」

「楽器!?　なんの!?」

「それは、これから考えます！　とにかく、今日は失礼します。また……一緒に帰ってください。あとこれ、からあげ代の半分です」

咲楽は渡しそびれていたからあげの代金を麻夕里の手ににぎらせる。麻夕里は苦笑いしながら「べつに明日でええのに」と言ったが、こういうのはきっちりしておきたい。二人でわけて食べたのだから、半分払うのが道理だ。

咲楽は改めて、麻夕里に深く頭をさげた。

「それでは、また明日よろしくおねがいします！　ほ、本屋さんも……行きましょう！　参考書、わたしでお役に立てるなら、一緒に選びます！」

「阿須澄さんって、本当律儀……うん。よくわからんけど、またね」

とにかく、麻夕里を上手く誤魔化して……誤魔化せているかどうかは別として、咲楽は鼠の魔者を追いかけた。まだそう遠くへは行っていないはずだ。

「いた……！」

少し走って角を曲がったところで、鼠の魔者を発見する。

魔者は、うしろ脚に深い傷を負っていた。肉や体毛が焦げており、火傷《やけど》をしているようだ。そこから、濃い穢《けが》れがあふれていた。魔者は傷つくと、傷口から穢れを外に流して耐えるのだ。

この怪我《けが》が原因で、鼠は苦しんでいる。故意につけられた傷のようだが、どうしたのだろう。もしかすると、退魔師に負わされた傷かもしれない。

咲楽の能力は、癒やしである。

咲楽はこの力を、誰かの役に立てたいと考えていた。

今、目の前にいる鼠は、放っておけば人間を襲ってしまうかもしれない。だが、咲楽が穢れを除き、傷を癒やせば、なにごともなく鼠は常夜《とこよ》へ帰っていくと思う。その保証はないが、今までの経験から〝なんとなく〟そう信じていた。

常夜とは、現世《うつしよ》と隔絶された異界。「常夜ノ國」とも呼ばれていた。一般的には、「黄《よ》泉《み》の国」や「幽世《かくりよ》」という名のほうが通りがいいだろう。

魔者は、常夜の住人なのだ。現世に住む者も多いけれども、あちら側が本来の住み処である。傷を癒やし、常夜へ連れ帰れば、退魔師に追われることもないはずだ。

「待ってください……！」

咲楽は鼠に向かって叫んだが、走りながらでは息があがってしまい、声は上手く届かない。

道の向こうから、レジ袋に入ったお弁当をさげて歩くスーツの男性がやってくる。彼は鼠に、当然気がついていない。

そのとき突如、小さな鼠の身体に変化が生じた。体毛が逆立ち、血走った赤い目が大きくなる。あっという間に、人間よりも大きな化け鼠となっていった。

旧鼠《きゅうそ》だ。家に長く住みついた鼠が力を持ち、魔者となることがある。旧鼠の気質は一様ではなく、人間に好意的な者から、攻撃的な者まで幅広いとされていた。

大きな旧鼠は、スーツ姿の男性に向けて一目散に走っていく。

「駄目です！」

旧鼠は男性を襲おうとしているが、怪我のせいで正気を失っているだけという可能性だってある。まずは対話が必要だ。傷を癒やし、事情を聞きたい。

咲楽は必死で旧鼠に追いつき、旧鼠と男性の間に入った。こういうときの足は速いもので、咲楽の場合は普段の何倍も力が発揮できる。

誰かの役に立ちたい。

ある時期から、それが咲楽の原動力となっていた。

人間だけではない。魔者の役にだって立ちたかった。

「な、なんだ？」

いきなり、道の真ん中で両手を広げて叫んだ咲楽に、スーツの男性が驚いていた。無理もない。彼には、旧鼠の姿が見えていないのだから。しかし、咲楽はかまわず旧鼠を見あげる。

旧鼠は赤い瞳で咲楽をにらみ、大きく尖《とが》った前歯を剝き出しにした。今にも、咲楽の首を嚙み千切りそうだ。

スーツの男性は、咲楽を不審そうな目で見ながら、回れ右して歩き去ってしまった。ちょっと変な子供だと思われたかもしれないが、しょうがない。彼が巻き込まれるよりいいはずだ。

旧鼠は男性を追おうと一歩前に出るが、咲楽は旧鼠の進路を塞《ふさ》ぐ。

「傷なら治します。常夜へ帰りましょう」

背筋に冷たい汗が流れた。旧鼠の表情は緩まず、咲楽には見向きもせず、視線はずっとスーツの男性を追っていた。

正気を失って、見境がなくなっているなら、咲楽を襲うはずなのに……なにか引っかかる。

しかしながら、とにかく、旧鼠の気をおさめるのが先だ。咲楽は傷口を治癒しようと、手を伸ばした。

「雷羽《らいは》――急急如律令《きゅうきゅうにょりつりょう》!」

突然、小さな稲妻《いなずま》のようなものが走り、旧鼠がうしろへ跳び退いた。

術だ。と、咲楽は直感する。

魔者を祓う退魔師の術だった。咲楽はその術者を探して辺りを見回す。そして、予想したとおりの姿を確認した。

意志の強そうな瞳が、こちらを見ている。一束に結われた茶がかった髪や、小さな唇。丸みのある頬は、少女の域を脱していない。

そして、その顔は咲楽とよく似ている。

「神楽《かぐら》!?」

阿須澄神楽は、咲楽の双子の姉だ。

おちこぼれの咲楽と違い、れっきとした退魔師だった。神楽は無言で両手に呪符を構え、咲楽を守るように割って入る。

「神楽、待ってください。その旧鼠は、きっと怪我をしているから――」

「さがれ、咲楽」

神楽は短く言い放ってから、呪符に力を込める。旧鼠の話も聞かずに祓おうとしていた。

それが退魔師の仕事なのだ。魔者は人間を害する存在であり、排除すべきだ。現世にいるべきではない。そう考えられている。

でも、実際は違う。悪い魔者ばかりではないと、咲楽は知っていた。彼らだって人間と同じなのだ。理由も聞かないまま祓うのはよくない。神楽は退魔師だが、それをわかってくれているはずなのに。

咲楽はなんとか阻止しようと、神楽の呪符を奪おうとした。

「話を聞いてください」

「必要ない。その魔者は、ついさっきも、他の人間を襲ったばかりだ！」

神楽は咲楽の手を払いのけた。

旧鼠の怪我は、神楽が負わせたもののようだ。神楽は旧鼠を追って、この場へ駆けつけたのだろう。

「で、でも……」

咲楽は戸惑ってしまう。

神楽が祓うべきだと判断したなら……と、納得しそうになる。神楽も以前は魔者を悪だと決めつけていたが、今は多少の理解をしてくれていた。問答無用で祓う退魔師ではない。

「炎武《えんぶ》――急急如律令！」

神楽は旧鼠に向けて術を放った。

が、一歩遅かったようだ。旧鼠は身を翻《ひるがえ》して逃走していた。術は届かず、赤い閃光《せんこう》が霧のように消えていく。

旧鼠は再び小さな鼠に姿を変え、どこへ逃げたかわからなくなってしまった。身体の大きさを利用して排水溝などに入られると、追跡が困難だ。

神楽が舌打ちをし、呪符をしまう。

旧鼠を逃した。

「神楽……」

咲楽の呼びかけに、神楽は冷たくにらみ返してきた。感情が読めず、恐ろしい印象を受ける。

けれども、すぐに神楽は視線をそらして、表情を改めた。目尻が微妙にさがり、唇がぴくぴくとぎこちなく動いている。神楽なりに、やわらかく笑おうとしているのだと思った。咲楽に対して気をつかってくれたのだ。

「今、にらんでしまった……悪かった」

神楽はやりにくそうにつぶやく。

咲楽は、ずっと神楽を誤解していた。

姉は、おちこぼれの咲楽を蔑んでいるのだと思っていたのだ。だが、今は違うと知っている。すれ違いがあったのを、お互い理解していた。

「いえ、大丈夫です」

咲楽は「気にしていない」と伝えるための方法を考えた。言葉で説明するよりも……笑顔のほうがいい。そう信じて、ニッと口角をあげようと試みる。さっきは、麻夕里から「引きつっているときがある」と言われたが、今回はどうだろう。

「そうか……それは、私に笑いかけてくれているのか？」

「は、はい……やっぱり、引きつっていますか？」

やはり、上手く笑えていなかったのだろうか。まだまだ笑顔はむずかしいと、咲楽は実感した。

「い、いや、そんなことはないぞ。そういう意味じゃないんだ。すまない。咲楽がそういう顔をしてくれると思っていなくて」

神楽は反応に困った様子だったが、やがて、頬をピクピクと震わせた。笑い返してくれたみたいだ。気をつかわせてしまった……と、咲楽は申し訳がない気持ちになる。

「あの旧鼠さんは、本当に人を襲っていたんですか……？　怪我をして正気を失っているのではなく？」

咲楽は旧鼠が消えた方向に視線を向ける。神楽はむずかしそうに、眉間にしわを作った。

「それは間違いない。断言する」

神楽の口調はキッパリとしていた。

「私だって……自分で判断するようにしている。信じてほしい」

「そう、ですか……」

そこまで言われてしまうと、咲楽には口をはさめなくなってしまう。以前までの神楽は、問答無用で魔者を祓っていたが、今は違う。双子の姉を信じたかった。

「それに、目の前で妹が喰われそうになっていたんだ。許せるはずがないだろう。焼き尽くしても足りない」

いつになく真剣な表情で神楽が続けた。声のトーンが落ち、本気だとわかる。

「食べられるだなんて大げさな。わたしは大丈夫でしたよ？」

咲楽が首を傾げてみせるが、神楽は奥歯を噛んでいた。

「今度は仕留める」

「いえ、ですから……」

もとはと言えば、咲楽が旧鼠の前に飛び出たのだ。それに、旧鼠はずっと咲楽に興味がなさそうだった。

「とにかく、奴は私に任せろ。今日は疲れただろう。早く家に帰れ」

素っ気ない早口だったが、神楽なりの気づかいだ。

「あ……」

それだけ言うと、神楽は旧鼠が逃げた方向へ走っていった。目にも留まらぬ速さで走れる疾走の術を使っており、あっという間に、咲楽の視界から消える。術をなにも使えない咲楽には、神楽を追いかける方法はなかった。

神楽のことは、以前よりもわかるようになっている。神楽も、咲楽を極力、気づかう態度や言葉がけをしてくれた。魔者への理解も深まっている。

それなのに、釈然としない。上手く言えないが、微妙に少しずつ噛みあわないもどかしさがあった。

旧鼠は本当に人を襲ったのだろうか。だとしても、なにか理由があるのではないか。

神楽が判断したのなら、信じたほうがいい。素直に認められないのは、咲楽が神楽を信頼できていないからだろうか。

旧鼠と神楽が消えた方向を見つめながら、ぼんやり考えた。

本当に……どうにもならないのだろうか、と。

2

ふわり、ぼやり。

蛍のように、光が舞っていた。

頭上には夜みたいな空が広がる。〝夜みたい〟だと感じるのは、厳密にはソレが〝夜ではない〟と知っているからだ。

月や星はなかった。いや、月も星もときどき見える。けれども、今は出ていない。それらは気まぐれに姿を現すもの、というのが常夜での認識だった。

月や星の代わりに道を照らすのは、蛍のように漂う光だ。夜泳虫《やえいちゅう》と呼ばれており、現世にはいない虫である。漂う光に目を凝らすと、羽ばたく虫の姿が確認できた。

「嬢ちゃんも、すっかり常夜《こっち》に慣れたな」

咲楽の隣を歩いて笑うのは、古びた提灯《ちょうちん》をさげている青年だ。赤い着流しの袖が、歩調にあわせて揺れた。人の姿をしているが、橙色《だいだい》の髪や金色の瞳は、異形《いぎょう》のそれだとはっきりわかる。

彼は送り提灯という魔者だ。夜道で人に道を示すとも、道に迷わせるとも言われる。常夜の住人たちは、案内人《あんないにん》と呼んでいた。

「慣れた……のでしょうか。まだ一年です。わからないことも、たくさんあります」

案内人の言葉を、咲楽はじっくりと考える。なにをもって、〝慣れた〟とするのか、ずいぶんと基準があいまいに感じるのだ。

「初めてのときに比べりゃあ、慣れたモンだよ。俺っちから見りゃあって話だがな」

「そうでしょうか」

「そういうモンだと思っといてくれや」

案内人はぽんぽんと咲楽の頭をなでる。

こういうなで方はおぼえがない。

咲楽は幼いころから退魔の能力がなく、おちこぼれだった。両親は咲楽の存在を無視して、声すらかけなかった。存在しないものとして扱われてきたのだ。

魔者を祓うどころか、癒やす力を持った子供など必要ない。

咲楽はいらない人間だった。

そんな生い立ちが関係してか、咲楽には他者から頭をなでられるという経験が不足していた。そもそも、他者と深く関わるようになったのも、この一年だ。

「そういう、もの……ですか」

咲楽は自分で自分の頭に手を当ててみた。自分でやってみても、なでられたという実感はない。同じように、手をそえているのに、どうしてこうも、違うのだろう。

咲楽は両親に捨てられた。

厳密には、そうではないかもしれない。だが、結果的に見殺しにされそうになったのは事実である。姉の神楽とは和解したが、両親にはずっと会っていない。

蓄積した穢れに呑まれそうになった咲楽を救ってくれたのは、案内人だ。彼は咲楽のために常夜への門を開いた。

そして、鴉《からす》の薬屋へ導いたのだ。

「では、案内人さん。今日もありがとうございました」

咲楽は案内人に対して、律儀に頭をさげて礼を述べた。案内人は「いつものことじゃねぇか」と、はにかんだ。

視線の先には、一軒の建物。

古いコンクリートが剝き出しになった箱のような家だった。蔦《つた》や苔《こけ》が蔓延《はびこ》り、入り口にさがった提灯もボロボロである。とても寂しくて、廃墟のよう。

けれども、ここが咲楽の家だった。

鴉の薬屋。常夜の薬を扱い、様々な悩みを抱えた魔者たちが訪れる店だった。咲楽は人間だが、この店で暮らしている。

咲楽は、薬屋の〝商品〟なのだ。

ここで暮らし、現世の学校へ通っている。案内人には、その手伝いをしてもらっていた。彼には、門の行き先を自由に決める能力があるのだ。

このことは両親には内緒にしている。存在を無視されており、娘がなにをしているのか気にも留められていない。今でも、一人暮らしのアパートの家賃と学費は支払われ続けているが、連絡は一切なかった。

「じゃあな。また明日」

「はい、明日もよろしくおねがいします」

お互いに手をふって別れる。

咲楽はそのまま軽い足どりで、薬屋の扉を開いた。建物はコンクリートだが、扉は木製だ。傷んだ蝶番《ちょうつがい》が、ギィギィと不快な音を立てる。

鼻孔を乾いた草の香りが抜けていく。漢方のような、お香のような、不思議な匂いだった。

「やあ、おかえり」

咲楽が帰宅すると、店の奥から声がした。

穏やかな調子の男性の声は、優しくて春風のような声音である。聞いているだけで落ち着くとは、こういう声なのだろう。

しかし、咲楽はこの声に、「あまり感情がのっていない」とわかった。声の主は咲楽の帰宅を認識し、興味を持つふりをしながら自分の作業に没頭している。てきぱきと、分銅で薬草を量って仕分けていた。

行動は人間とあまり変わらないが、その顔は異質なものであった。

発声するのは唇ではなく、大きな嘴《くちばし》だ。顔全体が漆黒の羽毛に覆われており、まんまるな目で薬草を見ている。首から下は人間の男性のように見えるのに、顔だけ鳥。いや、鴉なのだ。

「ただいま戻りました、鴉さん」

咲楽は邪魔をしない程度に声をかけ、店の奥へ進む。

鴉というのは、彼の呼び名だ。常夜の住人は、みんなそう呼んでいるので、咲楽もならっている。ここに住む魔者はみんなそうだ。個別の名前を持たず、通称で呼びあっていた。

「ん」

うしろを通りすぎるとき、鴉が顔をあげた。彼は突然、咲楽の手をつかんで引きとめる。

山伏《やまぶし》のような白い装束から見える手はしっかりとした大人のものであった。細い咲楽の手首など、簡単に折られてしまいそう。絶対にそうしないとわかっているのに、思わず身体がビクリと震えた。

鴉はときどき、なにを考えているのか理解できない。この薬屋で暮らすようになって一年が経とうとするが、未だにわからないことが多かった。

咲楽と鴉は契約関係にある。

鴉は咲楽の身体に溜まった穢れを喰《た》べる力を持つ。鴉に穢れを取り除いてもらう代わりに、咲楽は薬屋の商品となったのだ。

だから、鴉は咲楽を傷つけない。安全を保障すること、嘘をつかないこと、咲楽を無下に手放さないこと、これらはすべて契約時に交わした条件だった。

「咲楽、今日なにか変わったことなかった?」

つかまれたときは緊張してしまったが、問いは単純だった。鴉の手つきは咲楽を労っている。

「え？」

「魔者の匂いがする。正確には、痕跡かな」

鴉は言いながら、咲楽の服を手で払うようになでる。咲楽には見えないが、鴉はなにか感じとっているらしい。

「下校途中、旧鼠に会いました。怪我をしていて、人間を襲いそうになっていて……」

「それで、治癒しようとしたの？」

「はい」

咲楽が事もなげに答えると、鴉は悩ましげに息をついた。

「大丈夫なの？　危なかったんじゃないの？」

「え、はい……そう、ですね。そうだったかもしれません。でも、大丈夫ですよ。神楽が来てくれたので」

状況を思い返しながら、咲楽は淡々と説明する。しかしながら、鴉は嘴をなでて黙ってしまった。咲楽はなにか、悪いことでも言ってしまっただろうか。

「唔《ぼく》が持たせている鈴は？　鳴らなかったけど？」

言いながら、鴉は店の壁にかけてある鈴を指さした。銀色の小さな鈴だ。なんの変哲もないように見えるが、これは咲楽が鴉からもらった品と同じであった。咲楽が鈴を鳴らせば、こちらの鈴も連動して鳴る仕組みだ。

咲楽は常夜と現世を行き来する生活をしている。鴉の目が届かないときも多いのだ。

鴉はずっと見張っていたいと申し出たが、咲楽はそれを断っていた。人間にとって、現世は常夜ほど危険ではない。そこまでしてもらう必要がないと思ったのだ。

「危ない目に遭ったら、唔を呼ぶ約束だ。そうだと思っていたけど、違うの？」

「はい。そうですね？」

「じゃあ、なんで？」

「はい？」

まだ鴉の言っている意味がわからず、咲楽は首を傾げた。他者の意図を汲み取るのはむずかしい。とくに鴉は人間とは違う思考をするので、会話の意味を整理するのに時間がかかる場合があった。

「こういうのは困るよ、咲楽。唔は汝《きみ》を守る契約をしている。それなのに、汝は危ない目に遭っても、唔を呼ばない。これでは契約を履行するのがむずかしいじゃないか」

「え……はい」

咲楽は両の目を瞬かせた。

「やっぱり、咲楽を信用しないほうがいいようだ。別の方法を考えよう」

ようやく、咲楽は鴉の言葉を呑み込んだ。

旧鼠の前に立ったとき、咲楽は「危険だ」とは思わなかった。通行人と、旧鼠の怪我で頭がいっぱいだったのだ。神楽にも危なかったと指摘されたが、それでもまだ理解していなかった。

咲楽は危険にさらされていたのに、その自覚がないのを責められている。神楽も鴉も、言っていることは一緒だった。

「そういうの、たちが悪いと言うんだよ。現世では守りの外套《がいとう》だって着ていないんだ。ちょっと吹き飛ばされたら、汝は簡単に首が折れて死ぬよ」

鴉は咲楽から顔をそらした。

考えてみれば、咲楽を守るものは、鴉からもらった鈴だけだった。いくら旧鼠が怪我で乱心しているだけだったとしても、大人しく治癒させてもらえる保証はなかったのである。今日はたまたま神楽が助けてくれたが、それは運がよかっただけなのだ。治癒するにしても、鴉を呼んだほうが安全だっただろう。

あまり鴉に頼りすぎるのもよくないと思っていた。咲楽は鴉に与えられてばかりで、役に立てていない。自分で対処できる事柄は、なんとかしたかった。

「すみません……気をつけます」

ここは咲楽が謝る場面だと感じた。やはり、危険だったのには違いない。神楽も、あの旧鼠は人間を襲ったのだと言っていた。

咲楽は鴉に向けて深くお辞儀をする。鴉は咲楽を見ないまま、再び薬の仕分けをはじめた。

「しかし、鴉さん。わたしは……あの旧鼠と話しあいたかったんです。もしかすると、なにか理由があったのかもしれません。それを聞かずに祓うなんて、できなくて……」

「そんなのは唔の管轄外だね。そいつは唔の客じゃない。だいたい、汝の姉が危険だと言ったんだろう？　現世で人を襲うなんて、祓ってくれと宣伝しているようなものだ。積極的に関わりたくないね」

ちょっと怒っているのだろうか。いつも以上に、鴉の弁は素っ気なくて突き放していた。同胞《魔者》だというのに、旧鼠への評価が冷たい。

「唔は咲楽を〝身内〟だと思っているけど、そいつは〝他者〟だから。咲楽を襲いそうになったって事実のほうが注目に値するよ。うちの商品に手を出したんだ。むしろ、退魔師が祓わないなら、唔が始末する」

「そ、そんな……」

「当たり前でしょ？」

極端すぎる。咲楽は戸惑ったが、それほど鴉が怒っているのも理解した。鴉の感情はわかりにくい。表情が読めないし、声音もあまり変化がない。だが、経験で感じとった。今、彼は怒っている。たぶん。

そもそも、鴉は旧鼠に関心がない。旧鼠は鴉には縁もゆかりもなく、実際に会ったわけでもないのだ。鴉は自分の損得には敏感だが、それ以外に関心を示さない。

この話は終わりだと言わんばかりに、鴉は壁にかかった鈴をあっさり処分する。これは使いものにならないと判断したのだ。

そして、再び作業に没頭しはじめた。

鴉の理解を得るのはむずかしそうだ。咲楽はあきらめて、夕食の準備をしようと奥へ歩いた。

「コンニチハ」

店に、誰かの声が舞い込んだ。

鴉とも、咲楽とも違う。さっきまで一緒だった案内人でもない。高めの声は、一瞬、少女なのか少年なのか判断できなかった。

店内をふり返ると、いつの間にか店の中に知らない姿がある。扉が開いた音などしなかったのに。

「あれ？　聞こえなかった？　コンニチハ」

人間にたとえると、年の頃は十歳前後だろうか。真っ白な肌が儚げである。紫色の羽織のせいなのか、赤い化粧を施した目元のせいなのか、妙な艶っぽさがあった。しかし、短い裾から見える膝小僧や、切りそろえた黒髪は、幼さを強調している。腰には、大きな瓢簞《ひょうたん》をさげていた。

男の子……のようだ。

ただし、額から生えた二本の角が異質だ。肌と同じ色なのに、鋭く尖っている。これだけで、鬼なのだとわかった。

鬼の少年は鴉を見て、にこにこと笑っている。

「——聞こえているさ」

鴉が答えると、男の子は手をひらひらとふって、店の奥へと進む。店の床板を踏みしめる音が軽やかだ。

咲楽は、鴉がすぐに男の子への返事をしなかったことに違和感を覚える。妙な間があったような気がしたのだ。

「やあやあ、鴉クン。飴をもらいに来たんだけど、ある？」

「また禁酒かい？」

「うん、まあね。そんなところだよ」

男の子の声は、天使が歌っているように美しく、耳に心地よい。ボーイソプラノとは、こういう声だろう。

鴉は男の子に、なにかを投げて渡す。どこから取り出したのだろう。それは、棒付きキャンディーであった。個包装になっており、現世で広く売られている品だ。

「また補充しておかないと……何回目だい？」

「うーん、八三二回目。いつまで続くかわからないし、あるだけちょうだい」

「あまり長続きした例《ため》しがないけど」

「はは。そうかもね。茨木《いばらき》たちが、また賭け事のネタにしてたよ。まったく……ボクの恋路をなんだと思っているんだか――おやおやおや？」

棒付きキャンディーを口に含みながら、男の子は咲楽に視線を向けた。それまで視界に入っていなかった素振りだ。今初めて、咲楽の存在に気がついたとでも言いたげだった。

「ねえねえ、なんでお姉さんがここにいるの？　どういうこと？」

男の子は明るく笑いながら、咲楽に質問した。なんだか、迫ってくるみたいで、圧のようなものを感じた。

顔は笑っているが、真意が見えない。

怖い。背筋に悪寒《おかん》が走り、咲楽は思わず身を震わせた。鴉や他の魔者とは別種の恐ろしさだ。

光の角度によって色が変わる両目は神秘的だが、異形のそれでもある。視線をそらしたいが、吸い込まれるような魅力もあった。蟻《あり》地獄に落とされた虫のごとく、咲楽はその魔性に囚《とら》われそうだった。

「咲楽は、うちの〝商品〟だよ」

強めの口調で言いながら、鴉が男の子の肩に手を置いた。

「咲楽、さがっていて」

気がついたときには、鴉が立ちあがっていた。男の子と咲楽の間に、壁のように立ち塞がっている。鴉の背は高いが、今は普段よりも大きく感じた。

「咲楽……？　神楽じゃなくて？」

男の子が怪訝《けげん》そうに眉を寄せた。彼は棒付きキャンディーをもてあそびながら、「ふうん？」と改めて咲楽をのぞき込もうとする。だが、鴉はそれを阻《はば》むように身体の位置をずらす。

「なるほど！　キミが神楽の妹か。顔も気配も似てるから、騙されちゃったじゃないか。紛らわしいなぁ……知ってるよ。鴉クンの店で飼われている人間でしょ。ごめんごめん。

そういうの、すっかり忘れてた」

男の子は、ようやく納得がいったように両手をポンと叩いた。

どうやら、誤解されていたようだ。咲楽と、姉の神楽はそっくりの双子である。神楽と間違われたなら、合点がいく。

「神楽とお知りあいなんですか？」

鴉は「あまり話さないで」と咲楽を制止するが、つい聞いてしまう。

鬼の男の子は、頭のうしろに手を回しながら笑う。子供っぽい仕草なのに、その笑みは優美で艶めかしく、毒花の蜜にも似た危うさがあった。

「酒呑童子《しゅてんどうじ》と言えば、人間には通りがいいのかな？　現世《むこう》で勝手に呼ばれすぎて、常夜《こっち》でも、そう言われてるんだよね」

酒呑童子は鬼の名だ。大江山に住んでいた鬼の首魁《しゅかい》である。数々の鬼を率いて、平安の都で悪事を働いていた。伝承では、源頼光《みなもとのよりみつ》らによって倒されたと伝えられている。

咲楽の頭に、奴延鳥《ぬえ》の件が過《よぎ》った。魔者には、現世で退治されたという伝承があっても、常夜ノ國で生活している例がある。

現世に現れても、並みの退魔師では対処できない。魔者の中でも上位を争う力の持ち主、いや、おそらく最強格だろう。

るのだ。

そんな魔者が目の前にいる。少年のような見目なのに、底知れぬ魔性が秘められてい

「神楽はねぇ……ボクの〝嫁〟さ」

酒呑童子は、そう言い切ってウインクした。

「よ、よめ……？」

咲楽は、ぼんやりと言葉をくり返した。どうも、頭に単語が入ってこない。しかし、次第に意味を理解してくる。

「嫁、ですか!?」

咲楽が叫ぶと、酒呑童子は面白そうに声をあげて笑った。

頭の中に、下校途中出会った神楽の顔が浮かぶ。なにも言ってくれなかった……まさか、姉が知らない間に結婚していたなんて……しかも、魔者である。それも、酒呑童子。

衝撃が強すぎる……どういうことだろう……。

咲楽はしばらく固まって、そこから動けなくなってしまった。

第二章　七色鱗の捜しもの

1

常夜ノ國は、現世と隔絶された異界である。

その中でも、一番にぎわう場所が常夜市《とこよいち》だ。ここには、様々な商品が集まっている。魔者たちはそれぞれに店を出し、商いをしていた。

辺りを漂う夜泳虫の光に加えて、松明《たいまつ》が灯っている。常夜では、虫が集まって火を起こすのだ。松明に集合し、燃えているのは火虫《ほのむし》である。

多くの魔者が行き来する間を縫って、鴉が歩いていく。咲楽は置いていかれないよう、鴉のあとを追った。

今日は常夜市へ買い出しの日だ。咲楽が学校やアルバイトへ行かなければならないので、買い出しは毎週土曜日の午前中と決めていた。いつの間にか、一週間経ってしまったと、毎週後悔してしまう。とくに、今週は旧鼠や酒呑童子のこともあり、あっという間だった。

咲楽の白い装束は、作務衣《さむえ》のように簡易な和服だ。袴《はかま》の裾も動きやすく、紐で結ぶと膝丈になる。これは人間の匂いを消す効果のある装束でもあった。

鴉が咲楽と一緒に住んでいるのを、今では周囲の魔者ならみんな知っている。だから、咲楽の正体を隠す意味はさほどなくなったが、やはり人間の匂いがするのはよくない。

上から羽織っているのは、守りの外套だ。薄いベールのようでとても軽いが、実は頑丈なのである。たいていの衝撃からは身を守ってくれるため重宝した。

「嬢さん、嬢さん。見ていかないか？」

道を歩く咲楽を、猪《いのしし》頭の魔者が呼び止める。咲楽の着ている装束を見繕った店主だ。頭は猪の魔者だが、なにかと咲楽を気にかけてくれている。咲楽が「いらない」と言って手放した制服も、バラさずきちんと保管して、咲楽が学校へ戻るのを応援した。

「これ、上物だぞ」

猪頭の示した品は、赤い反物《たんもの》だった。目が覚めるように華やかな色合いである。普段着というよりは、晴れ着になりそうだ。

「こういうの、嬢さんにぴったりだと思うぜ？」

猪頭はフガフガと鼻を鳴らしながら反物を揺らした。自信の品らしい。

「あの、すみません。お勧めしてくださるのはありがたいんですが……常夜のお金は鴉さんが持っていて……」

とても綺麗な反物だが、あいにく、咲楽は常夜の通貨を持っていない。物々交換でも成り立つのだけれども、着衣以外に、なにか差し出せそうなものがなかった。

「当たり前でしょ。咲楽は律儀だから、声をかけられたらなんでも買っちゃいそうなんだもの」

隣で鴉がため息をつく。先を行かず、引き返してくれたようだ。猪頭が勧めた反物を見おろして、嘴をなでる。

「なに、汝《きみ》。姉の着物でも見繕っていたの？」

「え……え！」

直球で聞かれ、咲楽は鴉から目をそらした。そういうつもりはまったくなかったのに、なんだか途端に恥ずかしくなってしまったのだ。

同時に、神楽が知らぬ間に結婚しているかもしれない事実を思い出す。あれから、神楽に会っていないので、たしかめる機会がなかった。

「だってこれ、安産の祈願が織り込まれた布だけど」

「安産、ですか？　どうして」

どうして、咲楽はそんなものを勧められたのだろう。まさか、神楽の件は魔者にとって周知の事実なのだろうか。困って猪頭を見ると、彼はぽりぽりと頭をかいた。

「いや、そろそろ必要かと思ってよ？」

そろそろとは、なんの話だ。

「結構です。おそらく、まだ早いです」

「まだ？　ってことは、やっぱりそうなのかい？」

「はい、まだ必要ないはずです。たぶん……日が浅いですから」

そもそも、神楽は退魔師だ。魔者との結婚を、両親を含めたほかの退魔師が認めるはずもない。結婚が事実だったとしても、きっと内々の話である。安産の祈願など、気が早いだろう。

「へえ！　冷やかしてみたつもりだったが、やっぱりそういうアレかい。だったら、お代はいらねぇから持っていくといい！」

なぜだか猪頭は嬉しそうに笑いながら、反物を咲楽の手に持たせてくれた。わけがわからなくて、咲楽は困惑する。

「鴉、間違って喰っちまうなよ！」

「なにを言っているんだい？　喰べないけど？」

猪頭は鴉の肩もバシバシと叩いた。鴉のほうも首を傾げている。

咲楽にも、鴉にも、猪頭の話がよく理解できなかった。が、とりあえず、「せっかくだから、もらっておこうか」と鴉が言ったので、反物はいただくことにした。

「お幸せに！」

「はい……伝えておきます。ありがとうございます」

「そんなにかしこまらなくてもいいんだがなぁ。ん？　伝える？」

経緯は謎だが、上等なものをもらってしまった。咲楽は深々と頭をさげ、きっちりとお礼を述べる。猪頭はちょっと不思議そうにしながらも、「ま、いいか！」と快活に笑った。

常夜市での買い出しの副産物を持って、咲楽と鴉は薬屋へ帰っていく。常夜市から遠ざかるほど、少しずつ夜泳虫の数も減っていった。あれは誰かが集まる場所を好んで漂うのだと、前に鴉が教えてくれたのを思い出す。

「こんな上等な反物……どうしましょう。神楽に渡したほうがいいですよね」

神楽に、布だけを渡しても困るかもしれない。この段になって、咲楽はようやく、猪頭に仕立てまで頼んでおけばよかったと後悔する。咲楽と神楽は、きっと服のサイズも同じだ。

「さあ？　小物入れくらいなら、咲楽でも作れるんじゃない？」

「小物入れですか。なるほど、巾着袋《きんちゃく》……いいえ、肌守りがいいかもしれませんね。それならわたしにも作れそうです」

「針と糸ならあるよ」

「ありがとうございます、あとで使用させていただきます」

神楽にお祝いの肌守りを贈る流れになってしまったけれど……そもそも、本当に酒呑童子の〝嫁〟なのかたしかめていない。

だが、考えてみれば、咲楽にはなにかを手作りして他者に渡すという経験がなかった。神楽は喜んでくれるだろうか。不安になるが、一方で、喜ぶ顔も見たいと思ってしまう。楽しみだという気持ちのほうが強かった。

「生地が余ると思いますので、鴉さんにも作りますね。あと、渡辺さんにも、お世話になっていますから。猪頭さんにも作りましょう。あ、案内人さんや、女郎蜘蛛《じょろうぐも》さんにも……あとは、常連さんの……」

「そんなに?」

「生地が大きいので、余裕です」

「たしかに、無駄がなくていいね。効果はどうあれ、咲楽から物をもらえるのは、悪い気がしない。楽しみにしているよ」

反物の効果が安産の祈願であるのは、この際、おいておく。鴉も楽しみにしていることだし、がんばらなくては。そう。日々の感謝だ。これなら、神楽の件が勘違いだったとしても大丈夫である。安産の祈願なら、将来、役に立つかもしれない……でも、鴉の役には立つのだろうか。

歩くうちに、いつもの薬屋が見えてきた。入り口の破《やぶ》れ提灯が、ぼんやりと建物の存在を主張している。

「…………？」

見慣れぬ来客が待っていた。

きらきら光ってる……。

その来客を見たとき、咲楽は一番にそう思った。

常夜での灯りは夜泳虫に依存する部分が大きい。光源が少なく、どこもかしこも真っ暗か薄暗いのだ。反して、その来客はわずかな光を反射させて、七色に輝いていた。

地面につくほど長くてサラサラの髪は、たぶん銀色だ。断定できないのは、髪の毛が夜泳虫の光を複雑に跳ね返して、様々な色に見えたからである。すらりと伸びた肢体は女性的で美しく、七色の鱗《うろこ》で覆われていた。

顔は見えない。大きな嘴と黒い目のような特徴を持ったペストマスクで隠されているのだ。鴉や猪頭の魔者などとは、また違った異質さがある。

「いらっしゃいませ、ご用でしょうか？」

咲楽が初めて見る来客だが、対応をしなくてはならない。

「咲楽、ちょっと待ってて」

が、うしろから鴉が咲楽の肩をつかむ。荒っぽい動作で、咲楽の身体は後方へ引き戻されてしまう。危うく、咲楽は地面に尻餅をつきそうになったが、踏みとどまった。

いったい、どうしたというのだろう。

「鴉さ――」

咲楽が鴉に問うよりも先に、耳慣れない音が響いた。

甲高く空気が震える。それでいて重厚で、荒々しい。咲楽が読む本では、「パンッ」とか「バキューン」などと表現される種類の音だった。

七色に光る来客の手元には、銃がにぎられている。常夜では見ないような品だ。いや、現世でだって見たことはない。この先、見るとも思っていなかった。

鴉の手元には、いつの間にか身の丈ほどもある長い錫杖《しゃくじょう》が現れていた。どうやら、弾丸を防いでくれたらしい。

「よくあるよ、すぐ終わる」

「よくあるんです、か？」

「まあまあかな」

「は、はあ……」

　鴉は簡単に言って、そのまま地面を蹴った。鴉が真横に走ると、あとを追うように地面に弾丸が数発めり込んだ。雷が連続して落ちるような音に、咲楽は身がすくみ、傍観していることしかできなかった。

　客は、鴉を狙って両手に持った銃を交互に撃つ。動作は淡々としており、機械や人形みたいだと感じてしまう。鴉も視認するのがむずかしい動きで、弾丸を避けたり弾いたりしている。

　それでも、お互いの距離が少しずつ詰まっていった。速度は鴉のほうが上回っている。

　鴉が指を鳴らすと、空中に複数の錫杖が現れた。尖端《せんたん》は、まっすぐに客へ向けられ、鴉が手をおろす合図とともに、一斉に飛んでいく。

　客は怯まずに、粛々《しゅくしゅく》と弾丸を放つ。錫杖の何本かに弾丸が命中し、木片が弾け飛んだ。

　その間に、鴉が客との距離を一気に詰めていた。

　間合いに入られた刹那《せつな》、客は初めて、「く……」と声を漏らす。それでも、横薙《よこな》ぎにふられた鴉の錫杖を避けて、後退した。

再び、二者の間に距離ができる。

かちゃり、と音がした。

客は両手に持った二丁の銃を、腰にさげたホルスターにおさめる。

「よし、合格。貴公に、小生《しょうせい》の話を聞く許可を与えよう」

聞こえたのはキビキビとした女性の声だった。応えるように、鴉が「やれやれ」と言いたげに錫杖をさげる。

予告どおり、すぐに終わった、みたいだ。


客は七色鱗《なないろうろこ》と呼ばれるらしい。

いつも思うが、常夜での魔者たちの通称は、かなり安直だ。見た目どおりのケースが多い。七色鱗の場合もそうであった。

現世では、アマビエと呼称される魔者だ。海から現れ、疫病《えきびょう》を予言すると伝えられている。

咲楽は淹れたインスタントコーヒーのマグカップを、鴉の前に置いた。嘴では飲みにくいので、ストローもつけている。迷いながら、七色鱗にもストローつきのコーヒーを出した。彼女がペストマスクを脱ぐかどうかわからなかったからだ。

薬屋の小さな椅子に、七色鱗は足を組んで座っていた。彼女と対面し、鴉も腕組みして座っている。

ついさっき、いきなり銃を発砲されたせいもあり、なんとなく緊張した。

「ご苦労」

七色鱗はコーヒーを出した咲楽に短く言葉をかけ、マグカップを手に取った。幻想的に光を反射する鱗と、革の手袋が不釣り合いだ。けれども、きびきびとした口調の彼女には似合っている気もした。

一触即発かと思ったが、鴉も七色鱗も、なにごともなかったかのように店の中に入って席についたのだ。鴉は「よくある」と言っていたが、本当だったらしい。

あいさつ、だろうか？　咲楽は人との関わり方が上手いとは言えないが、魔者の文化は、さらに謎がいっぱいだ。あまり深く考える必要はないと、納得するのがコツだと最近知った。魔者たちは、その辺りが大雑把なのだ。

「質問の許可を与えよう」

「あいかわらず、汝はマイペースだね」

「貴公に言われたくはない」

「で、今日はなに？　珍しいじゃない、汝が来るなんて。って、質問すればいい？」

「うむ」

鴉がストローでコーヒーを吸って、七色鱗に問う。七色鱗も、ストローでコーヒーを飲む。ペストマスクの隙間からストローを入れ込んでいるのが、妙な飲み方だ。だが、七色鱗にもストローをつけた咲楽の判断は間違っていなかったのだと、安心もした。

「いや、なに。聞きたいことがあったのだ」

七色鱗が動くと、きらきらと鱗が煌《きら》めく。一見すると鈍い銀色なのに、角度によって七色になった。とても繊細で、あいまいな色彩である。光の種類によって色の変わるアレキサンドライトのようだと感じた。

「単刀直入に聞こう。貴公は小生の珊瑚《さんご》を知らないか」

珊瑚？　咲楽は眉を寄せた。

鴉は嘴をなでている。彼の興味を惹く事柄らしい。

「唔《ぼく》は知らないよ。そもそも、汝の珊瑚なんて咲楽がいれば必要ないもの」

「それもそうだが、万が一もあるだろうが。貴公は素材が手元にあれば薬を作りたがる類《たぐい》の輩だからな」

「たしかに。否定しないね。正直、興味はある」

なんのことだろう。咲楽が首を傾げると、鴉が解説してくれる。

「七色鱗の珊瑚は、常夜での万能薬なんだよ」

「万能薬……」

「魔者に与えれば、どんな傷や病も癒える。咲楽の能力と同じさ」

そう解説されて、咲楽はだいたい納得した。そもそも、咲楽は癒やしの力を役立てるため、この薬屋の商品――薬として鴉と契約している。七色鱗の珊瑚は不要だった。

「鴉。貴公はいつも説明が足りない」

咲楽は理解したつもりになっていたが、七色鱗が深く息をつく。

「小生の珊瑚はたしかに妙薬だ。小生が手ずから百年かけて育てた子である。魔者の穢れを吸い、癒やす。それは間違いなかろうさ……が、人間にとっては毒なのだ」

「毒……」

「魔者の薬が、人間にとっての薬とは限らないのである。あれは人に与えれば、死をもたらす毒となるのだよ」

七色鱗は断言しながら、すらりと長い足を組みかえた。

「でも、その説明は必要だった？　常夜にいる人間なんて、限られているじゃない。咲楽はこのとおり、ピンピンしているよ」

鴉は「吾は悪くないよ」と言いたげな口調だった。たぶん、説明不足と指摘されたのが不服で反論したのだ。

しかしながら、七色鱗の指摘どおりに、鴉は説明不足だったかもしれない。彼は「必要だと判断した事項」しか話さない傾向がある。

「いや……」

ここに来て、七色鱗の言葉が初めて詰まった。ペストマスクの下の表情はわからないが、少し困っているようだ。

「それは、常夜に小生の珊瑚があると確信している場合にのみ、有効な考え方であろう」

ずいぶんと遠回しな言い方だった。

「まさか、どこにあるのか、わからないの？」

「盗まれた。そうでなければ、此処へは来ない」

鴉に説明不足だと指摘していながら、咲楽には、七色鱗のほうが大事な言葉が足りていないと思えた。意図的に告白を避けていたようだ。

「盗まれたって、誰にですか？」

つい、咲楽も口をはさんでしまう。

七色鱗は、やや苛立ちのような仕草を見せた。色の変わる滑らかな髪を指でもてあそびながら、息をつく。

「知らぬ。そもそも、それ自体は些事《さじ》だ。いつの間にか、なくなっていたのだ」

「些事、なんですか？」

「些事だ。取るに足らぬ。あんなもの、また作ればいいからな」

百年もかけて作るのに、そういうものなのか。ここに関しては、鴉も「まあ、そうだね」と言いたげだった。珊瑚そのものに対する執着はないようだ。

「どこぞの魔者が薬代わりに盗んでいったのだったら、それでよい。くれてやってもかまわぬ。宝は使わねば持ち腐れだからな」

「だったら、どうして探しているんですか？」

だんだんと、咲楽にも七色鱗の言っている意味がわかってくる……。

「つまり、珊瑚が現世にあるかもしれないってことでしょ？」

咲楽が直接聞かなかった事柄を、鴉がさらりと述べる。七色鱗は肯定するように黙してしまった。

「珊瑚は七色鱗が作った、子みたいなものなんだよ。常夜にある限り、繋がりを感じるのは簡単だ。それがわからないってことは、消えてしまったか、現世にあるってことじゃないかな」

七色鱗は黙ったまま、鴉の説明を聞いていた。

しかし、やがて声を発する。

「そのとおり。貴公が知らぬと言うなら、珊瑚は現世にあるのだろう」

珊瑚は人間にとっての毒だ。

現世だとすれば、大変ではないか。

「あれが常夜で魔者に使われた気配はない」

「じゃあ、なんで唔に聞くのさ」

「ここで貴公に神変奇特酒《しんぺんきどくしゅ》にでも変えられているかもしれぬと思ったからだ。そうすれば、小生も気配を追えなくなってしまう」

「心外だな。まるで、唔が興味本位で盗んで薬にしようとしたみたいな言い草じゃないか。そんなにセコい魔者に見えていたのかい？」

「そうだと言っている」

「汝、本当に失礼な奴だね」

「違うのであれば、問題あるまい」

鴉は肩をすくめる。あまり怒っているようには見えなかった。

咲楽も、鴉が好奇心だけで他者のものを盗む魔者とは思わない。ただ、〝必要があれば〟、なんの悪気もなく同等のことをするかもしれないとも思っていた。

だが、その評も正確ではないだろう。

実のところ、鴉について完璧に理解する者はいないのではないか。一緒に暮らしている咲楽にもむずかしい。そして、咲楽よりもさらにつきあいの長い周囲の魔者たちにも。

「ともかく、邪魔をしたな。ここにないと知れれば充分だ。小生は帰ってやろう」

七色鱗は、それだけ言って、再びストローでマグカップのコーヒーを吸った。出されたものは全部飲んでから帰るようだ。

鴉のほうは、「そうかい」と、七色鱗に興味を失っている。このまま作業をはじめてしまいそうな雰囲気だ。

「あの」

咲楽はおそるおそる、口を開いた。

「七色鱗さんは……これから珊瑚を捜すのでしょうか？」

問いに、七色鱗は黙って咲楽を見据えた。

鴉が軽く息をつく。

「珊瑚が常夜にないということは、現世の可能性がありますよね。珊瑚は人間にとっての毒です。誰かの手に渡っているとしたら、大変です……」

「嗚呼《ああ》、そうだな」

七色鱗の返答は、質問の答えにはなっていなかった。

珊瑚はたしかに、毒だ。人間に使えば死んでしまう。

おそらく鴉なら、こう主張するだろう。「関係ないじゃない。人間なんて、いつか死ぬんだから放っておけばいいよ」、と。

しかし、七色鱗は珊瑚の所在を知りたがっている。彼女は鴉とは考え方の違う魔者なのだと、咲楽は推察した。少なくとも、珊瑚が人間の手に渡り、毒として使われるのを阻止したいように思える。

「現世を捜すのでしたら、人間の味方を呼んだほうがいいのではないでしょうか。魔者のみなさんは、現世では常夜ほどの力を出せませんし、不便ですよね。人間のお手伝いがいたら、効率がいいと思います」

咲楽の提案に、七色鱗は反応しない。鴉も口をはさまなかった。

自分には関係ないと、無視してしまうのは簡単だろう。

珊瑚の毒で誰かが死んでも、咲楽の与り知らぬことだ。

だが、咲楽はもうすでに、七色鱗と関わってしまった。危険な毒が魔者の手によって現世へ渡った可能性を知った以上、自分は関係者になったと解釈した。

知っていながら放置するのは、「関係ない」ではなく「見て見ぬふり」だ。

だったら、咲楽は関わりたい。

人間のため……そうではなかった。

必要としてくれる誰かの役に立ちたい。

これは咲楽にとっての大きな原動力だった。

「よかろう……手助けを許可する」

七色鱗は長考したすえに、返答した。

2

午前中の雨が嘘のような青空が広がっていた。

雨あがりの空には、見事な七色のアーチが架かっている。こんなに大きな虹は珍しい。

今日は、なにかいいことがある。咲楽は、そんな予感がした。願望かもしれないが。

「どうして、私が……」

無愛想に腕組みしているのは神楽だった。

現世での捜索は魔者にはむずかしい。力が著しく制限される者が多いからだ。七色鱗の場合も同様で、珊瑚との繋がりを感じにくくなってしまうらしい。であれば、現世での魔者捜索の専門家が必要だ。

退魔師は現世に蔓延る魔者を捜して活動する。神楽は、これ以上にない人選だろう。

ちなみに、咲楽はスマートフォンなどというものは所持していない。神楽と連絡をとりたいときは、アルバイト先のレストランで、店長に借りていた。

「ふん」

神楽が非常に不機嫌そうな顔で、面々を見渡した。

七色鱗は、現世で人の姿を保っていられない。掌サイズのぬいぐるみのような見目で、咲楽の肩にのっていた。マスコットみたいに可愛いが、七色鱗の姿は普通の人間には見えない。

今日は鴉もついてきた。現世なので、人間の姿だ。顔には大きな嘴も、真っ黒な羽毛もない。とても端整な顔立ちの青年である。いつもと違いすぎて、逆に咲楽は気をつかってしまう。

危険があれば呼ぶから、ついてこなくていいと言ったのだが、「だって、咲楽すぐに呼ばないでしょ」、「そもそも、魔者が盗んだかもしれないんだから、捜すなら最初から危険だよね?」などと押し切られたのだ。薬屋を閉めてきてしまったので、そちらも申し訳ない。

「わたしの知る中で、珊瑚捜しに神楽以上の適任はいないと判断しました」

そう伝えると、神楽はムッとしていた表情を少しだけ変える。困っているのかもしれない。

「それはそうかもしれないが……私は退魔師だぞ」

「退魔師だからです。魔者捜しは得意ですよね。それに……現世で七色鱗さんの珊瑚が使われると、大変なことになりますから」

神楽も理解してくれているから、ここにいるのだと咲楽は解釈していた。

「……わかっている」

神楽は疲れたように息をつく。

「言っておくが、私は退魔師だ。その魔者たちがなにかすれば処理するし、容赦はしない。それでいいな」

「ありがとうございます」

咲楽が深く頭をさげると、神楽はやりにくそうに口をゆがめた。

「大人しく祓われてやるつもりはないがな。協力することを許可してやろう」

咲楽の肩にのった七色鱗が不穏なことを言っている……ついでに、口にはしていないけれども、鴉も同じように考えていそうだ。幸い、咲楽にしか聞こえない小声だったので、今から積極的に争うつもりはないのだと理解できた。

神楽は携帯しているウエストポーチから、折りたたんだ紙を取り出す。

円形の術式が描かれている。魔法陣のようにも見えるが、方位を示しているのだと咲楽にはわかった。方位陣と呼ばれるものだ。

「借りるぞ」

言いながら、神楽がいきなり咲楽の肩に手を伸ばした。

「なにをする！」

神楽は七色鱗から髪の一本を引き抜く。七色鱗は小さい姿のまま激昂するが、神楽はおかまいなしだった。ペストマスクをつけている常夜での姿よりも、こちらのほうが七色鱗の感情がわかりやすい。

「必要だからな」

神楽は詳しい説明をしないまま作業を続けた。

七色鱗の髪を、方位陣の中心に置く。すると、髪の毛は砂が溶けるように、方位陣へ吸い込まれていってしまう。

「魔者の身体の一部を使うんだね？」

鴉が興味を惹かれたのか、嘴の代わりに顎をなでてのぞき込む。

「魔者の眷属《けんぞく》から親を突きとめるとき、触媒に使う。逆も同じだ」

「ふうん、なるほど。そうやって捜すんだね……たしかに、魔者には思いつかない人間らしい方法かもしれない」

鴉がなにをもって〝人間らしい方法〟と評しているのか、咲楽にはよくわからない。神楽は不快そうに顔をしかめていたが、手は止めなかった。

方位陣が七色に光る。常夜で見た七色鱗の光に似ていた。

神楽が方位陣を掌で軽く叩くと、紙が独りでに浮きあがる。そして、触れてもいないのに、折り鶴へと変化する。

「見つかった」

折り鶴はふわふわと宙を舞うように飛ぶ。これを追えば、珊瑚の在り処に辿りつけるということだ。

神楽は将来を有望視される退魔師である。おちこぼれの咲楽と違い、その術は誰からも認められていた。

「そういえば、神楽……これをどうぞ」

折り鶴のあとを追いながら、咲楽は神楽にポケットから取り出したものを差し出す。

真っ赤な生地で縫われた肌守りだ。糸で神楽の名前も刺繍してある。

「なんだ、これは？」

「いえ……その……わたしが縫ったんですが」

「咲楽が？　じゃあ、もらう」

神楽は不思議そうな顔をしていたが、咲楽が作ったと聞くと、肌守りを快く受けとってくれる。

「ありがとう。よくわからないが、持っておけばいいのか」

「は、はい。そうです。たぶん」

「咲楽は裁縫が上手いんだな……私は全然駄目だ」

「そうなんですか」

神楽と会話を続けてみるが、咲楽はなかなか大事なことを聞けずにいた。

酒呑童子の嫁とは、どういう意味なのだろう。

神楽は退魔師なのだ。魔者との結婚を——両親を含めた退魔師の親族は許さない。

「どうした？」

咲楽の様子をうかがう神楽の顔は、とくにいつもと変わりがなかった。なにか隠している素振りもない。

「神楽。最近、なにか変わったことは、ありましたか？」

つい、当たり障りのない問い方をしてしまう。

「いや、べつに？」

「本当ですか？　たとえば……結婚したり、など……」

「結婚？」

神楽が顔をしかめる。

やはり、なにかの間違いだったようだ。考えてみれば、神楽は咲楽と同い年だ。高校には通っていないが、まだ未成年である。法的にはできると言っても――。

「したな」

「え？」

事もなげに言われ、咲楽は表情を固まらせた。

「ああ。実崎《さねざき》の長男が結婚したらしい。私は式に行っていないが……」

「え、ああ……そういう……神楽はしていませんよね？　結婚」

「私？　なぜだ？」

神楽は心底怪訝そうに首を傾げた。まったく身におぼえがなさそうだ。

では、酒呑童子は嘘をついたのだろうか。見目は妖しく美しい少年だったが、言動はふわふわとつかみどころがなくて、真意がわかりにくかった。

どうしてそんな嘘を……。

とにかく、肌守りに安産祈願の意味があるのは、言わなくてもいいだろう。こうなると、いよいよ、どうして猪頭が咲楽にあの反物をくれたのか、不明なのだが……。

「ここか」

折り鶴のあとを追って一同が辿りついたのは、なんの変哲もない民家だった。白い壁で、二階建ての家である。新築ではないが、古い家という感じもしなかった。あまり広くない庭には、倉庫もある。

平凡。住宅地にありがちな家だ。

「ここ、ですか？」

こんな場所に、七色鱗の珊瑚があるのだろうか。

「近づけば、わかる。間違いなさそうだ。珊瑚が使われた形跡もないな。まだ保管されている。小生の珊瑚は、この小汚い家にある……その小娘に感謝せねばならないのが癪《しゃく》で仕方がない」

咲楽の肩にのった七色鱗も、珊瑚の気配を感じているようだ。小汚い家という言い回しは辛辣《しんらつ》だが。

さて、どうするか。空き家ならともかく、人は住んでいるらしい。このまま家に押し入って捜索するわけにもいかないだろう。

表札には、加藤《かとう》とある。とりあえず、住民に話を聞いてみるか。呼び鈴を鳴らして誰かいればいいのだが、不在の場合は待たねばならない。

「伯母《おば》さんは留守だよ」

呼び鈴を鳴らそうと家の門へ近づくと、うしろから話しかけられた。ふり返ると、女の子が立っている。

幼い……のだろうか。顔立ちや背丈は小学生くらいだが、雰囲気が大人びていた。冷めているとも言えるが、とにかく愛想があまりない……咲楽は以前の自分自身を見ているような気がして、なぜか胸の奥がきゅっと締まる。

少し大きめの長袖パーカーから見える手首は、思ったよりも細い。髪の毛は一つにくくってあるが、毛束がところどころ盛りあがっている。結っているというよりは、まとめただけ、という印象を受けた。

女の子は不審そうな顔で咲楽たちを観察する。

「用事なら伝えるけど……」

彼女の伯母を訪ねた来客だと思ったらしい。

「はじめまして。わたしは阿須澄咲楽と申します。よろしくおねがいします！」

まずは自分たちが不審者ではないというアピールをしなくてはならない。咲楽は、はきはきとした口調を心がけながら自己紹介した。深々と頭をさげて、できるだけ礼儀正しさを意識する。

「よろしくって……べつに聞いてないんだけど」

だが、女の子の反応は悪かった。困惑しながら咲楽を見ている。なにか間違えてしまったようだ。

「あ、すみません。あなたのお名前を聞いていませんでした！」

神楽が大きなため息をつくのが聞こえた。肩に座った七色鱗も、なんだか項垂《うなだ》れている。みんなどうしてしまったのだろう。

「梨香《りんか》だけど……お姉さん、大丈夫？」

梨香と名乗った女の子は、ますます顔をしかめた。

初対面の魔者と話すのは慣れてきたが、対人だと、咲楽は経験が足りなすぎると痛感する。たいてい、咲楽があいさつすると、魔者はみんな笑ってくれるのだが……梨香はそうではなかった。むずかしい。

受け答えを間違えれば、警察に通報されそうな雰囲気だ。咲楽は慎重に返答した。笑顔もがんばってみる。引きつっているかもしれないけれど。

「梨香ちゃんは、この家の人ですか?」

「……そういうことになってるよ」

妙な言い回しだった。引っかかりつつ、咲楽は続けてみる。

「最近、お家の中で変わったことはありませんでしたか?」

自分でも、ちょっと変な聞き方だと思ったが、しょうがない。直接、「七色鱗さんの珊瑚を知りませんか」と、問うても仕方がないのだ。

「……変わったことって、なに?」

「そうですよね。そうですね……なにかいるとか、あるとか……」

「鼠くらいならいるけど」

なんと聞けばいいのだろう。咲楽にはわからなかった。

咲楽が迷っていると、梨香はつまらなそうに視線をそらす。そわそわとしながら、自分の腕をさすっていた。長袖で隠れていた手首が、少しだけ見える。細いだけではなく、どこかにぶつけたような痣があった。

「もういい?」

梨香は咲楽をにらんだ。

しかし、微妙に視線があわない気がした。咲楽ではなく、別のものを見ているような……。

そのまま、梨香は家の中へ入ろうとする。

「あの、まだ……」

まだなにも聞けていない。咲楽は梨香を引きとめる。

「梨香」

梨香の手をつかもうとした瞬間、また別の声。

女の人だった。母親……いや、梨香は「伯母」と言っていた。きっと、彼女は梨香の伯母なのだろう。買い物袋をさげて、梨香をにらみつけていた。

伯母の姿を見た途端、それまで冷めていた梨香の表情が揺れる。嬉しそうには見えなかった。

「外に出たの？」

伯母の問いに、梨香は答えなかった。黙ったまま、下を向いてしまう。さきほどまでとは違って、とても態度が小さい。

「どちらさまですか？」

次いで、梨香の伯母は、咲楽たちの姿に視線を移して眉を寄せる。不審者だと思われている……なんとか、誤解を解かなくては。

「も、申し訳ありません。わたしは阿須澄咲楽と言います！　よろしくおねがいします！　梨香ちゃんから、お話を聞いていました！」

また同じ自己紹介をくり返してしまった。梨香が小声で、「もうそれはいいよ……」とため息をついている。

「は、はあ……この子の知りあい？」

「今、知りあいました！」

梨香の伯母は、少しだけ愛想笑いを返してくれた。咲楽たちを不審者ではないと認めた、というよりは、世間体を気にしている。そう見えてしまう。

なぜ、そう思ったのかは……なんとなく、梨香の表情が怯えているように感じたからだ。

梨香は伯母の姿を見てから、明らかに動揺していた。怯えて、怖がっている。下を向いているが、咲楽にはわかった。

以前の咲楽と……似ていたから。

なにかある。

この家族には、なにかあるのだと直感した。

「すみません。妹が失礼をしました。実は学校新聞を作っていて、ご近所の変わった出来事はないか調査していたんです」

咲楽がなにか言う前に、神楽が歩み出た。今まで黙っていたのに、神楽は慣れた様子で嘘をつく。

神楽は退魔師として、魔者を捜索する機会も多い。誤魔化したり、聞き出したりするのも、仕事のうちだろう。

「お邪魔しました。ご協力、ありがとうございます」

神楽は適当にはぐらかして、咲楽の手を引いた。

今回は、このまま退くという意味だ。まだなにか聞けそうなのに……。

しかし、咲楽は神楽の判断に従って、再び深々とお辞儀をしてお礼を述べた。

珊瑚の在り処はわかったが、他は謎のままだ。

咲楽は梨香という少女が引っかかってしまう。

伯母を見る梨香の目は、親戚に向けるものではない。一般的な家庭環境で過ごしているようには見えなかった。一緒に住んでいるような雰囲気だったが……両親ではなく、伯母の家というのも気になる。

咲楽も、家庭に居場所がなかった。

おちこぼれというだけで、誰からも相手にされず、家にいるのにずっと独りっきりだった。明確な虐待はされなかったが、なにをするにも両親の目を気にしなければならない。邪魔をせず、空気であろうとつとめていた。

そのころの咲楽に……重なった。

「咲楽、間違えるな」

梨香の家から離れながら、神楽が言う。やや口調が厳しいと感じた。淡々としていて、感情を隠している。

「間違い……？」

「あの家族はなにかありそうだった。でも、その件と珊瑚の件は違う」

「あ……」

神楽の指摘に、咲楽は思わず口を押さえる。

言われて初めて、咲楽は自分の頭から、珊瑚の一件が抜け落ちていたと気づく。咲楽は知らず知らずのうちに珊瑚よりも、梨香の家庭環境について優先しようとしていたのだ。

「お人好しはかまわないと思うが……咲楽は今、その魔者の捜しものを手伝っているんだろう。だったら、あれは深掘りしなくていい」

神楽の言うとおりだった。

咲楽は今、七色鱗の珊瑚を捜している。梨香の件は、それとは別だ。

「でも、あの家にあるのはたしかなんですよね……？　なにか関係があるかもしれないですよ」

「関係があるかないかは、わからない。でも、珊瑚が使われた形跡は今のところないんだ。一旦退いて、改めたっていい」

「それは……そうですね」

神楽の言い分は冷静だった。

一度、考えを整理したほうがよさそうだ。

「すみません、神楽」

咲楽一人では、なにもできない。

こうやって、誰かの力を借りなくてはならなかった。なんでも一人でできるようになればいいのに……それでも、咲楽は見つけてしまった誰かを放っておけないのだ。

「珊瑚を優先します。そのあと、改めて梨香ちゃんについて、なにかできないか考えます」

咲楽が一度にできる事柄は限られている。

だから、順番に処理すればいい。

「……わかった、それなら手伝う」

咲楽の言葉に、神楽は息をついた。しかし、少しだけ……ほんの少しだけ自然に笑ってくれる。きっと、神楽自身は気づいていない。けれども、その微笑みは、咲楽よりもずっと自然で、やわらかいものだったと思う。

神楽って、可愛い……。

ふと、そう感じてしまう。

こんなのは、初めてだった。

「ん」

神楽のポケットから、ブーッブーッと鈍い音がした。何気ない動作でスマートフォンを取り出す。

「今日はここまでだ。行ってくる」

スマートフォンの画面を見て、神楽が表情を改めた。

「魔者ですか？」

なんとなく、退魔師への連絡だと察した。魔者が現世で発見されれば、神楽は向かわなければならない。

「あの、魔者の話は聞いてくださいね……？」

走っていこうとする神楽に、咲楽は声を投げかける。

神楽はむずかしい顔を返した。

「善処はする……だが、必要だと判断すれば理解してほしい。それに他の退魔師と合流した場合、止める権利は私にないんだ……」

咲楽のために言葉を選んでくれている。以前に比べると、神楽は咲楽を気づかってくれた。それはありがたいが、咲楽の扱いに困っているようにも感じられるのだ。

「わたしも一緒に――」

「それは駄目だ。咲楽は……あまり他の退魔師から歓迎されていないから。きっと、傷つく。今は珊瑚のことだけ考えろ」

常夜での生活や、咲楽と鴉たちとの関係を、神楽は口外していないらしい。両親や他の退魔師には伏せている。そんな事実が知られれば――この先は考えたくなかった。神楽なりの配慮である。

咲楽が神楽に同行すると、それを無駄にしてしまう可能性があった。本当は、こうやって神楽が七色鱗に協力している事実も、露見すると危ない。

それに、咲楽と魔者の関わりがバレなくとも……咲楽はもともと、退魔師たちから忌み嫌われていた。退魔の力がなく、魔者を癒やす。どのように言われているかなど、想像に易い。

最初に咲楽を助けようと、居場所のなかった家から出て、外で一人暮らしができるように仕向けたのも神楽だった。

「……ありがとうございます」

神楽の想いが伝わる一方で、無力さも感じる。

思い出すのは、先日の旧鼠だった。神楽は旧鼠を追っていったが、あのあとどうなったのだろう。やはり、祓われてしまっただろうか。

「あまり心配しないでくれ。私だって……咲楽の嫌がることはしたくないんだ」

神楽はそう言って、走っていく。疾走の術は視認できないほど速くて、すぐに神楽の姿は視界から消えた。

大丈夫……だと思う。

＊　＊　＊

咲楽と別れて、神楽は目的地へ急行した。疾走の術は一般の人間には視認できないほどの速度で走れるが、道路では危ない。極力、障害物の少ない家屋の屋根やビルの屋上を跳んで渡った。

神楽のスマートフォンは伝令用だ。魔者が発見されると、近隣の退魔師に連絡が届くようになっている。

同じ年頃の少女なら……もっと、楽しいことに使うのだろう。友達とおしゃべりしたり、ゲームをしたり、動画配信サイトを見たり。

そういう生活に憧れがないわけではない。退魔師の環境から抜け出した咲楽を、ときどきうらやましいと思うことだってあった。

だが、それらはすぐに考えなくなる。

結局のところ、なにをしていても、誰をうらやんでも、神楽はいつも魔者退治について思考を巡らせてしまうのだ。

どうやって倒そうか。次はもっと上手くやれるのか。今より成長するには、どうすればいいのか。そこへ戻っていく。

そういう環境で育ったから。

けれども、最近はこれも自分の意思だと感じている。

誰かの役に立ちたいと、咲楽は言った。

神楽だって、同じなのだ。

神楽にとって、その手段は退魔師の職務と責任である。

魔者にも、いい者と悪しき者がいるのだと、理解し、教えてくれたのは咲楽だ。無闇に祓うのは負の連鎖を生むだけだと、常夜に行って初めて痛感し、神楽は魔者たちとの対話を試みるようになった。

だからこそ、手に負えぬ場合は祓う必要もあると強く実感している。

咲楽の言うとおり、現世にいる魔者にも事情があるのだ。しかしながら、現世へ渡ってまで問題を起こす魔者には、やはり、邪悪な性質を持つ者も多い。これも事実だった。人を喰い、生活を侵し、踏みにじる者がいる。悲しいことに、優しさだけではなにも成せない。

神楽も少しは魔者を信じるようになったが、咲楽に……仕方がないとは言え、神楽が魔者を祓うところを見せたくなかった。

「咲楽は優しいからな……」

神楽と違って、咲楽は優しい。

性根が純粋で、どうしようもなく甘いのだ。そんな彼女の周りにいるから、魔者たちも優しくなる。鴉天狗《てんぐ》も本来は、あのような性質ではないはずだが、きっと、咲楽のまっすぐな優しさに惹かれているのだ。

咲楽に退魔の才がなくてよかった。才能があっても、咲楽に魔者を祓うのは無理だと思う。

彼女に、魔者退治は似合わない。

「いた」

公園だった。あまり広いとは言えないが、戦うには充分そうだ。片隅のベンチに座った親子に、大きな鼠が襲いかかるところであった。

仲よくお弁当を食べていたはずの日常を壊され、子供が泣き叫んでいる。母親は我が子を守ろうと、お弁当を投げ出していた。二人には魔者は見えておらず、突風や謎の超常現象に襲われたと感じているはずだ。

魔者はそんな親子を踏みつけようとしている。

神楽は呪符を五枚、宙に放った。それらは、ふわりと独りでに定位置に向けて飛んでいく。

「封！」

いわゆる結界である。空間を切り取って、魔者と神楽だけを閉じ込めるのだ。神楽の負担は大きくなるが、周囲への被害や目撃者を気にせず戦うことができる。昼間の退魔には欠かせない術だった。

結界に閉じ込めると、泣き叫ぶ親子の姿が消える——実際は、神楽と魔者が結界の中へ消えているのだが。

魔者は不思議そうに辺りを見回していた。前脚で親子が食べようとしていたお弁当をつかんでいる。

「おまえは……」

この大きな鼠の姿には見覚えがある。

先日、咲楽が庇おうとした旧鼠だ。もう神楽がつけた傷は癒えているが、間違いない。あのあと、狭い場所へ入ったようで、神楽には追跡できなかった。今回は逃げられる前に結界を張れたので運がいい。

最初に見つけたときは、河原で昼食を摂る女性会社員を襲っていた。その次は、お弁当の袋を持った男性。

——あの、話は聞いてくださいね……？

咲楽の顔が浮かぶ。

だが、この旧鼠に対話は必要ない。

神楽は呪符を取り出した。

「剣翔《けんしょう》！　雷羽――急急如律令！」

呪符に力を込めて叫ぶ。薄い和紙に書かれた文字が光り、瞬く間に、手の中に一振りの刀が現れた。

ギラリとした光を照り返す美しい刀身に、稲妻が絡みつく。術者である神楽が感電することはないが、この刃で切りつければ大きなダメージを与えられる。

神楽は切っ先を、旧鼠に向ける。

「今度こそ」

三度も逃がすわけにはいかない。

今日こそ祓う。

「…………」

旧鼠は大きな前歯を剝き出しにして、神楽を威嚇《いかく》した。

神楽が刀をふると、斬撃にあわせて稲妻がほとばしる。旧鼠は巧みに攻撃を避け、左右へ移動した。

前脚に、親子から奪ったお弁当を持ったままだ。反撃のために投げ捨てるでもなく、食べるでもなく、そのままの状態で神楽に敵意を向けている。お弁当箱を守っているようにも見えた。

なんだ……？

違和感があり、神楽は眉を寄せる。しかし、違和感の正体を上手くとらえることができない。

「あ……ああ……な、なに……！」

旧鼠を追いつめていた神楽の耳に、ありえるはずのない叫び声が聞こえた。

結界には、神楽と旧鼠しか入れないはずだ。そういう性質のものなのに、人間の叫び声が聞こえたのだ。

男の子？

「ね、ねずみ……!?」

人間の男の子がいた。小学生くらいだろうか。腰を抜かして地べたに座り込んだまま動けなくなっていた。白くて愛くるしい顔を恐怖に染めて、震えている。

どうして、結界の中に。

その疑問を解明する暇はない。神楽の身体は即座に動いていた。地を蹴り、男の子に素早く近づく。とにかく、安全を確保しなくては。

「つかまれ」

男の子の手をとって、神楽は走った。神楽に引っ張られる形で、男の子も立ちあがる。そのすぐあとに、旧鼠が尻尾で、男の子がいた地面を薙ぎ払った。

弱者から狙うのは、戦い方として正しい。神楽が助けなければ、この男の子は怪我をしていただろう。

「……仕方ない。来い、逃げるぞ！」

旧鼠の退治を優先したい。でも、こんな小さな男の子を庇いながら戦う自信が神楽にはなかった。旧鼠を逃がすのは惜しいが、一旦撤退するのが最善と判断する。

結界を解除すると、旧鼠はすぐさま方向転換して逃げ出した。神楽たちを追う気はないらしい。この場では、そのほうがありがたかった。

神楽たちは、もとの公園に戻ってきた。さきほど、旧鼠に襲われた親子の姿はすでになく、すぐに逃げてくれたのだとわかった。

「お姉さん」

手を繋いだ男の子が、神楽を見あげていた。神楽は右手に刀を持ったままだと気づいて、急いで術を解く。

年の頃は十歳ほどだろうか。もう幼いとは呼べないが、まだ年端もいかない男の子だ。退魔の現場に巻き込まれて、怯えているだろう。

けれども神楽を見る男の子の顔に浮かんでいたのは、恐怖の色ではなく笑みであった。

思いのほか、男の子の顔立ちは整っており、肌が陶器のごとく白い。血を舐めたように赤い唇が印象的だった。

「お姉さん、ありがとう」

まるで、歌声だ。眠りに誘われてしまいそうな甘い天使の高音で、男の子は神楽に礼を述べる。

「あ、ああ……」

神楽のほうが呆気にとられて、口を半開きにした。

どこかで、見覚えが……。

「どこかで会ったことあるって、今思った？」

「え」

たしかに、ちょうどそう思っていたところだ。言い当てられる形となり、神楽は顔をしかめる。

「ボクもちょうど、そう思ったんだ……前にも、助けてもらったよね？」

前にも？　神楽は記憶を辿る。

「鬼に襲われたとき……お礼が言えないままだったから、ボク気になっちゃって。また会えてよかった」

ぼんやりと頭の中に記憶が浮かんできた……たしかに、神楽はこの男の子を助けたことがある。鬼に襲われているところを、守りながら戦った。

そのときの男の子だ。

魔者の姿や、退魔師との戦闘を見られたら可能な限り記憶を消す。あのときも、彼には術をかけたはずだ。

そもそも、普通の人間に魔者は見えない。退魔師の素養もなさそうなので、いわゆる、特異体質なのだと思う。

退魔師は術を使用するために、常に力が身体を巡っている。しかし、この子には、その力を感じなかった。咲楽とは別種だが、似た存在。もしかすると、術の類がかかりにくく、それで記憶が残っているのではないか。それなら、結界に入れたのも納得がいく。

「なにむずかしい顔してるの？　あ、そうだ。ねえねえ、お姉さん」

神楽が思案していると、男の子は歯を見せて笑った。

「ボクとお茶しようよ」

「は？」

思ってもいなかった言葉を投げかけられて、神楽は顔をゆがめた。相手には不機嫌そうだと誤解させる返答の仕方だったかもしれない。

「デートに誘ってるんだよぉ？」

「で、デート……？」

なんだそれは。

いや、意味は知っている。どのような行為なのか、知識はあった。が、神楽にはどうして男の子の口から、そんな誘い文句が飛び出したのか心底理解できなかったのだ。

「そういうのは、学校のお友達とするんじゃ、ない、かな？」

だいぶ顔を引きつらせながら、神楽は愛想笑いをした。こういうのは苦手だ。変な子供に絡まれた。早く立ち去ろう。まだ旧鼠を追えるかもしれない。

「ボクは、お姉さんとしたいんだよ」

「な、なんで……」

「お姉さんに一目惚れしたの！」

「一目惚れ……？」

「ずっと、忘れられなかったんだよ」

無垢《むく》な視線で見つめられると、とてつもなく居心地が悪かった。胸の奥がむずがゆくて、身体も震える。ぞわぞわとして、恥ずかしい。

だいたい、なんだ。一目惚れ？　私にか？　冗談じゃない。もっと、可愛いのがいるだろうに……同じ顔でも、私より咲楽のほうがずっと……。

だがしかし、男の子は真剣なようだ。旧鼠に襲われたばかりだというのに、怖がりもせず神楽を見あげている。

「駄目だ」

神楽は反射的に断ってしまう。

今は術を使ったばかりだ。旧鼠を追いたい気持ちもあるが、退魔の術は体力の消耗が激しい。今日は咲楽たちの捜索にも協力してしまったし、早く家に帰って、身体を清めて休息をとったほうがいい。無理は将来的な損失である。

神楽はほかの退魔師よりも、使える力の量が多い。この点だけは、非常に優れており、将来を有望視されている。

だが、それにはからくりがあった。神楽と咲楽は双子なので、根源が繋がっており、力を共有しているのだ。神楽が強いのは、咲楽の分を使えるからである——咲楽自身は、退魔の能力をまったく使えないのに。神楽だけが、双子の恩恵を受けている。

神楽が無理をすると、咲楽に負担がかかってしまう。それはしたくなかった。

だから、今からデートには行けない。神楽は旧鼠を追跡し、見つからなければすぐに休むべきなのだ。

「どうしても、駄目？」

「駄目だ」

神楽は男の子の頭に手を置く。

「ボクは蝶太郎《ちょうたろう》」

男の子が自分の名を告げたので、神楽は戸惑い、とっさに手を引っ込めてしまう。

「蝶太郎、か。綺麗な名だな」

素直な感想を述べると、男の子は一瞬だけ、ぽかんと口を開けた。呆けたように固まって、神楽を見あげている。

「……そう？」

「ああ、私はそう思った。たぶん、似合っているよ」

なんとなく迷いながら、神楽は携帯していたポーチを探る。

取り出したのは、飴玉だった。市販のものではなく、舐めれば、魔者の記憶が消えてしまうという代物《しろもの》だった。

術のほうが確実なのであまり使ったことがない。だが、蝶太郎には一度、術が失敗しているため、別の方法を試すことにする。

「飴、くれるの？」

蝶太郎は無垢に笑いながら、神楽の手から飴を受けとる。舐め終われば、神楽の記憶も消えると知らないで。

「お腹空いてたんだよね……そういえば」

飴を口に含みながら、蝶太郎がつぶやく。

「さっきのねずみも、お腹が空いてたのかな？」

「？」

「だって、お弁当持って逃げていったよ」

言われてみれば……旧鼠は、ずっとお弁当を持ったままだった。辺りにも、投げ捨てられた残骸は見当たらない。

持って逃げたのか。

人間の食べ物が欲しかった？

魔者も人間と同じものを食す。栄養を必要としていないが、食べることはできるのだ。

咲楽と一緒にいる鴉天狗も、嗜好品として楽しんでいる。

旧鼠もその類なのか。思い返せば、一人目の女性や、二人目の男性も食べ物を持っていた。旧鼠の狙いは……お弁当？

わざわざ現世で人間の食事を盗む目的はなんだ。飢えを凌ぐためではないのに、無理やり人間から奪取する意味は？

「ありがとう、お姉さん」

無意識のうちに、神楽は無言で立ち去ろうとしていた。考えごとをすると、極端な無口になってしまう。

「またね、神楽」

「あ。ああ、また……」

蝶太郎の記憶は消えてしまうので、「また」はない。それなのに、なんとなく神楽はそう返していた。

そういえば、蝶太郎はいつ神楽の名前を知ったのだろう。

ふと気になったときには、蝶太郎も反対方向に歩き出しているところだった。

今度は記憶が消えるだろうか。特異体質も気になった。今日の記憶が消えたとしても、蝶太郎には魔者が見え続ける。神楽には、その体質をどうすることもできないし、対応できる人間も知らなかった。退魔師の素質があれば阿須澄家で保護できるのだが、蝶太郎は当てはまらない。

彼の今後が気になった……。

＊　＊　＊

「なんで、外出たん！　学校やないのに！」

伯母から怒鳴られても、梨香は返事をすることができなかった。

外出の理由ならある。窓から虹が見えたのだ。雨あがりの陽射しを受けて、空に色の橋が架かっていた。大きくて、きちんと端から端までアーチになっているのは珍しい。七色ちゃんと数えられた。

ちょうど、学校の理科で天気を学んだところである。伯母が買い物へ行き、家に誰もいなくなったので……梨香はつい、虹を見に外へ出てしまった。

学校以外での外出は禁止されている。

梨香は、〝他人様に迷惑をかける子供〟だから。

不用意に外出すると、誰かに迷惑をかけるかもしれない。伯母はそれを危惧して、梨香に外出を禁止した。伯母の仕打ちを見ている夫も、なにも言わない。

一緒に住んでいるが、家族ではなかった。

血が繋がった監視係だ。

「なんとか言いなさい！」

なんとか言っても、許してもらえない。わかっているから、返事をするのは嫌だった。

梨香がなにを言っても、信じてもらえないし、許されないのだ。

「あんたのお母さんは……あんたのせいで、あんなことになったんやから！」

伯母にそう怒鳴られても、心はなにも動かなかった。だって、もう聞き飽きている。

いちいち落ち込めるほど、梨香は繊細ではないのだ。

梨香の母は心の病気で入院している。梨香には会いたくないと言っているそうだ。最初はひどく傷ついたものだが、かれこれ半年は経っている。そろそろ、慣れた……というより、気にしないようにしていた。

梨香はなにも話してはならない。

その言葉すべてが〝他人様に迷惑をかけ〟、〝誰にも理解されない〟からだ。そのように教え込んでいるのは、当の伯母なのに、今はなにか言えとか命じている。感情的で矛盾した言動だ。

どうせ、誰も信じてくれない。

みんな梨香を怖がる。

学校でも、誰とも話さないようにしていた。

それでも、梨香は責められるのだ。この伯母にとって、梨香はただの厄介者。入院した母から預かったお荷物である。罵られるのはいいほうで、打《ぶ》たれるときもあった。

消えてなくなってしまいたい。

そう考えることもあった。しかし、梨香には自分で死を選ぶなどという行動は起こせない。その勇気がなかった。


だったら、いっそのこと――。

ううん、それは忘れるようにしている。


「反省しとき！」

梨香は服をつかまれて、庭を引きずられる。パーカーの首元でぶちぶちと音が聞こえた。糸が切れて服が伸びる音だ。せっかく、まだ綺麗な服を選んだのに……もったいない。こういうどうでもいい思考に意識を向けていないと、涙が出そうになる。

お昼ごはんを食べていない。たぶん、また食べられないだろう。

庭の倉庫に放り込まれるときも、関係のない思考をした。外から施錠される音が聞こえても、気にしないふりをする。

倉庫の中は暗くて、なにも見えない。だんだんと目が慣れてくると、いろいろな工具や、古い自転車、いらなくなった家電などが浮かびあがる。

どれもガラクタばかりだ。

ここに入れられる梨香も、ガラクタなのだ。

捨てられていないだけのゴミ。

倉庫の中をトコトコトコッと、なにかが駆け回る音がする。小さくて、歩幅が狭い。

梨香は暗がりを見据えた。

「また……？」

問うと、闇の中に二つ。

小さな赤い光が浮かびあがった。

3

翌日、咲楽は改めて梨香の家へ向かう。

肩には七色鱗がのっており、鴉も一緒に来てくれた。やはり、危なくなったら呼ぶという咲楽の言葉は、鴉から信用されない。咲楽の自業自得なのだと思っていたが、七色鱗からは「過保護なことだ」と評されていた。実際には、どちらが正しいのか、咲楽には判断できない。

珊瑚の在り処がわかったので、回収が最優先だ。問題はどうして、ここにあるのか。咲楽は目的が知りたいと思っていた。

それから……珊瑚について解決したら、改めて梨香のことを考えよう。優先順位を間違えてはならないと、神楽から注意されたばかりだ。

「近くに魔者はいるのでしょうか？」

咲楽は念のために、七色鱗と鴉に問う。目の前に現れた相手が魔者かどうかならば、咲楽にも判別できるが、気配を察知するのはむずかしい。

「まあ、痕跡はあるね」

珊瑚を持ってきたのは魔者なので、当たり前だろう。そう言いたげに鴉が答えてくれる。

「ありがとうございます……ということは、今はいないんですか？」

微妙な言い回しから、咲楽は鴉の説明不足を解釈した。

「そのようだね」

「帰ってくるでしょうか？」

「それは、わからないね……唔が見ておいてあげるから、咲楽たちは中を探してくるといいよ」

鴉はつまらなそうに、腕を組む。

常夜にいると、鳥類の顔をしているので表情がまったく読めないが、現世では人間の姿なので、とてもわかりやすかった。

なるほど、たしかに。こうやって観察すると、鴉は本人の言うとおりに、〝表情豊か〟なのかもしれない。と、妙に納得できた。

どうでもいい感慨はおいて、咲楽は家の庭をのぞき込む。幸いにして、塀は低いので、がんばれば乗り越えられそうだ。

小さい姿の七色鱗が、咲楽の肩から頭に飛びのる。

「誰もいないようだぞ」

わざわざ確認して、七色鱗は先に塀の上に立った。咲楽も遅れまいと、塀に両手をかける。

「不法侵入……ですね」

褒められる行為ではない。犯罪だ。無断で住居へ侵入するなんて、駄目だと自覚しながら塀を越えた。すぐに帰るし、珊瑚以外のものに手を出すつもりはない。それに、人命がかかっているかもしれないのだ。許して……ほしい。

「見つからなければよいのだ。案ずるな。いざとなれば、小生が目撃者を処理してやろう」

「しょ、処理って……駄目ですよ」

「そうか？　簡単でよいと思うが？」

「駄目です。がんばって、わたしが誤魔化します」

「昨日の有様を見るに、貴公にはむずかしそうだが……」

「がんばりますので。とりあえず、見つからないようにしましょう」

物騒な提案に、咲楽は真面目な顔で返す。

七色鱗は現世で珊瑚が使われることによって死者が出る事態を阻止したいが、それ以外については与り知らないスタンスのようだ。あくまで、彼女は珊瑚の使用による被害を防ぎたいのであり、人間の生死そのものには興味がない。

目的と手段の価値観が咲楽とは違いすぎる……。

魔者は、悪い者ばかりではない。それはよくわかっていたが、価値観が人間とは大きくかけ離れている。鴉もそうだ。

一歩間違えれば、咲楽だって食べられてしまうかもしれない。ふとした瞬間に、魔者と咲楽の関係は危険と隣りあわせなのだと気づかされた。

それでも、咲楽は魔者と人間が仲よくできると信じている。

まだ上手くいく方法はわからないけれど、いつかは、共存できるはずだ。そう思って、咲楽は常夜と現世を行き来する生活を選んでいる。

「ある」

七色鱗が咲楽の頭の上で跳ねた。

「ここにあるぞ」

マスコットのようなサイズになっているが、口調は常夜と同じくはきはきとしている。

「あるって、珊瑚ですか?」

「それ以外になにがある。貴公、実は阿呆なのだな?」

「すみません……確認のために」

「よい。親が鴉《あれ》では、雛も大変であろう」

「そう、ですかね？」

咲楽としては、間違いがあっては困るので確認のつもりだったが、七色鱗には不要だったようだ。むずかしい。

七色鱗はぴょこんと跳ねて、咲楽の足元におりる。ヒレのような足で、巧みに地面を蹴って進んでいく。

「ここだ。開けることを許可しよう」

「ここは七色鱗さんのお家ではありませんよ」

「小生の代わりに開けろと言っておるのだ」

庭に設置された倉庫だった。

なんの変哲もない。ただの物置に見えるけれど、本当にこのようなところに珊瑚があるのだろうか。咲楽は半信半疑になりながら、扉を開けようとした。

「鍵が……」

扉が開かず、中が確認できない。鍵は家の中だろうか。

「鍵がかかっていて、開けられないです」

咲楽は一旦、倉庫から手を離す。

「…………！」

その途端、ガタリ、と音がした。

咲楽が扉を動かしたのではない。倉庫内で、なにかが動く音だった。荷物が崩れたのか。それとも、立てかけたものが倒れた？

「誰……？」

倉庫から聞こえたのは、声だった。

「伯母さんじゃないの……？」

梨香の声だ。

どうして、鍵のかかった倉庫に……？

咲楽は疑問に思ったが、いつの間にか身体が動いていた。

「梨香ちゃんですか！　中にいらっしゃるのですね！」

倉庫の扉を叩きながら呼びかける。返事はなくなってしまうが、たしかに梨香の声だったと確信する。

優先順位を間違えてはいけない。

頭を過るが……どのみち、珊瑚は倉庫にあるのだから、開けなければならない。

「退いておけ」

七色鱗から、刺すような声で命じられ、咲楽は躊躇《ちゅうちょ》しながらも、倉庫から離れる。目映《まばゆ》い光を七色鱗の身体が放ち、咲楽は思わず目を閉じてしまった。

「こうすれば早い」

瞬きの間に、七色鱗の身体が大きくなっていた。サラサラした髪や、複雑な色彩を照り返す鱗が特徴的な、常夜での姿だ。

魔者たちは、現世にいると力の多くを制限される。姿などを変えて適応しているが、力を消費すれば常夜での姿になるのも可能だった。

現世との行き来が多い鴉や案内人などは制限があっても問題ないらしい。けれども、七色鱗はそうではなかった。現世と常夜を行き来する頻度や生活形態が関係している。

彼女は、滅多に常夜を出ない魔者だった。魔者によってそれぞれなので、個体差とも呼べるだろう。そもそも、現世で生まれて現世で育つ魔者だっている。

ペストマスクで顔は見えないが、所作が少し苦しそうだった。

七色鱗は銃を倉庫に向け、迷いなく鍵を撃ち抜く。すると、倉庫の鍵は呆気なく開いた。

「行け」

七色鱗は地面に片膝をつきながら吐き捨てる。身体がみるみるうちに小さくなり、もとのマスコットサイズへ変じ、そのままぐてんと、地面へ倒れるように転がる。

「ありがとうございます！」

咲楽は即座に倉庫へ駆け込んだ。

舞いあがる埃《ほこり》の匂いが独特で、咳き込みそうになる。それでも、倉庫の中で座る梨香の姿を見つけると、自然と足が前に出た。

梨香はまぶしそうな表情で咲楽を見あげる。驚きと困惑、そして……どうしてか、嬉しそうに感じた。

「え……なに？」

梨香の服は昨日と同じものだ。大きめのパーカーは埃まみれで、薄汚れている。襟の辺りが、伸びているようだ――そこから、梨香の肌が見えていた。痩せ細って、はっきり浮き出た鎖骨の近くに、内出血が確認できる。袖からのぞく手首にも、くっきりと強い力でつかまれた痕があった。

彼女がなにをされているのか。

そして、この倉庫になんの目的で入っていたのか。

咲楽は悟ってしまった。

「大丈夫ですか、梨香ちゃん？」

咲楽は事情を説明するよりも先に、梨香の身体を優先した。内出血以外には目立った怪我はないので、ひとまず安心する。

「な、なに？　昨日の人？」

梨香は混乱しながらも、咲楽の手を払いのけた。

「早くどっか行って！　あっち行って！」

怯えている――いや、焦っているようだ。

まるで、誰かに見られると困ると言いたげに。

「見つかったら、また怒られる……」

立ちあがらせようとしても、駄目だ。梨香自身が拒んで、動こうとしない。

「ここだ。珊瑚はこの童《わっぱ》が持っているぞ」

七色鱗が声をしぼり出しながら、足元を転がった。あまり元気がなさそうなので、咲楽は七色鱗を肩にのせる。咲楽に触っていると、少しは楽になるだろう。あとで、ゆっくり治療したほうがいい。

それよりも――珊瑚を梨香が持っている？

「……………」

咲楽は不意に、梨香の視線がおかしいと気がついた。

咲楽の肩を凝視している。

そういえば、昨日も咲楽ではないところを……あれは、七色鱗を見ていたのだ。

「梨香ちゃん。七色鱗さんが、見えているんですか？」

鴉のように人間に擬態している魔者ではない。七色鱗は、一般の人々には見えない存在だった。

魔者が見える。

それは、退魔師の素質の一つでもあった。本当に退魔師の素質があるかは、今、咲楽には判断できないが、魔者が見えるのは確かだ。

その瞬間、咲楽は彼女がなぜ、こんな仕打ちを受けているのか悟る。


人は、理解できないものを排除しようとする。


魔者を癒やす咲楽の能力を見た周囲の退魔師がいい例だ。暴力などはふるわれなかったが、放置され、無視され、見殺しにされそうになった。

「な、なに……？　おねがい、帰ってよ……」

梨香は懇願するような顔で咲楽を見あげる。

早く帰ってほしい。と、伝わってきた。でなければ、彼女をこんな目に遭わせている人間に見つかってしまう。

でも、咲楽には別の声も聞こえてくるようだった。気のせいかもしれないし、お節介かもしれない。的外れで、拒絶されるかもしれない。

「……行きましょう」

咲楽は自然と、梨香に手を差し出していた。

まっすぐに、両目を見つめる。

「わたしは、梨香ちゃんを助けたいです」

梨香は差し伸べた手と、咲楽の顔を交互に見比べるばかりだ。

「わけわかんない……」

梨香は首をふるが、両目には涙が浮かんでいた。震える手を持ちあげては、引っ込める動作をくり返す。

咲楽は一歩ずつ、前に出て梨香との距離を詰める。梨香は逃げずに、呆然と咲楽を見据えたままだった。

咲楽は梨香の前に膝をつく。

「行きましょう」

咲楽が両手で抱きしめても、梨香は黙ったまま。

受け入れるように頭を垂れて、涙を流した。

＊　＊　＊

方位陣が赤く光る。

術に使用する個体によって、陣の色は変わるものだ。

神楽が捜しているのは、何度も取り逃がした旧鼠だった。

また誰かが襲われる前に、決着をつけなければならない。

取り逃がした旧鼠を追っていることは、退魔師の協会に報告していなかった。これだけ逃げられれば、応援も期待できるし、人員の交代もあるだろう。しかし、神楽は応援も交代も必要としなかった。

意地を張っているのではない。

あの旧鼠は……なにかありそうだ。

他の退魔師ではなく、神楽が一人で対処すべき問題だと感じていた。

旧鼠の痕跡を追って、折り鶴が飛び立つ。わずかに体毛を採取できていたのは、不幸中の幸いだろう。

「ここは」

折り鶴を追いながら神楽は眉を寄せる。

昨日も通った道だ。咲楽たちと一緒に歩いた。

アマビエ――七色鱗の珊瑚を捜してやったのを思い出す。あのとき行き着いたのは、なんの変哲もない民家だった。

魔者の気配がするとは思っていたが、まさか……。

「やはり、か……？」

折り鶴が示したのは、予見したとおり、昨日と同じ家だった。加藤の表札がかかっている。

昨日と違うことと言えば、倉庫の扉が開いたままになっている点くらいだ。家の者は留守のようなので、神楽は周囲を確認してひょいと塀を跳び越えた。咲楽に見つかったら、「不法侵入ですよ」と注意されそうだ。

倉庫内に荒らされた様子はない。古びた家電や自転車など、不要品が保管してある。

「…………」

鍵には、かすかに魔者の気配が残っていた。魔者が壊したのだろうが……これは、咲楽が連れていた七色鱗の痕跡だ。先に咲楽たちが来たのだと知る。

「…………？」

ふと、倉庫の奥を見ると、お弁当箱が落ちていた。

ピンク色のプラスチック製で、注目に値するものではない。けれども、神楽には見覚えがある品だった。

「これは――」

中身はなくなっている。食べたのだろうか。捨てたのだろうか。

『――だ』

神楽は不意に気配を感じる。肌を刺すように、空気がピリリと緊張した。

殺気だ。神楽は明確な敵意に反応して、倉庫の外へ出た。呪符を構え、いつでも攻撃できるようにする。

『儂《わし》の――だ』

声だった。かすれていて上手く聞き取れないが、魔者の声がする。

倉庫の上から巨大な旧鼠がこちらをのぞき見ていた。

『儂の娘……ドコだ』

呻くような声だった。

「なんだって？」

神楽は眉を寄せ、旧鼠に聞き返す。

『チガウ……おまえは、チガウ……盗まれた……常夜へ……』

「娘……？　おい、待て！」

けれども、旧鼠は神楽の言葉など聞かず、身体を反転させる。そして、どこかを目指して跳び去っていく。

神楽は追って走るが、旧鼠の身体が小さくなった。

このままだと、また見失ってしまう。

あの旧鼠はなにをしたい。どこへ行く気だ。

誰を捜している？

4

梨香は親戚から折檻《せっかん》されている。

虐待と呼んでもいいものだと、咲楽は直感的に思った。

それは衝動的な行動だっただろうか。

咲楽は梨香に手を差し伸べて、自分と一緒に来るよう言っていた。

梨香は咲楽に抱きしめられながら、張りつめていた糸が切れたみたいに眠りにつく。

彼女の寝顔は安心しているように見えた。

そんな梨香を、鴉が背負って歩いてくれている。

夜泳虫の光が、辺りを漂って集まってきた。まるで、梨香を歓迎するかのような、物珍しがっているかのような、そんな風だ。夜泳虫に意思があるのかどうか知らないが、咲楽が初めて常夜へ来たときも、こうだった。

「すみません、鴉さん……」

咲楽の判断で、人間の梨香を常夜へ連れてきてしまった。

常夜は常夜、現世は現世だ。あまり干渉するのはよくない。そもそも、これは誘拐だ。保護者の了承を得ず、勝手に梨香を連れ出してしまった。

けれども……梨香をこれ以上、あの家に置かないほうがいい。

梨香には魔者が見えている。彼女自身、それがどうしてなのか、どうやって接するのかわかっていないようだった。

一度、整理する必要がある。

「べつに、気にしてないよ。汝のときだって、常夜《こっち》へ避難してきたみたいなものだったし。一時的な逃げ場の提供なら問題ないかな」

「そう、ですね……あと、鴉さん。梨香ちゃんが目を覚ましたとき、できるだけ人間のふりをしてくださいね？　たぶん、驚かせてしまうので」

「咲楽は驚かなかったじゃない？　この子も、魔者が見えてるんでしょ？」

「たしかに……でも、まだ小さい子ですから」

「そういうものかな。まあ、いいや。いざとなったら、忘れてもらえばいい」

「あのお茶は……使われる側は、あまり気分がよくないのでやめたほうがいいと思います」

「そうなの？　不味かった？」

「味の問題じゃないんです」

「そう……まあ、咲楽が言うなら善処しようか」

「そうしてください」

薬屋へ帰りついても、まだ梨香は眠っていた。ひとまず、治療用の寝台に寝かせて様子を見ることにする。

「小生もここで待たせてもらおう」

七色鱗が小さいマスコット姿で、椅子に跳びのった。現世で力を使ったので、常夜へ帰ってもしばらくはこのままらしい。

「七色鱗さん、お加減は大丈夫ですか？」

心配して声をかけるが、七色鱗は首を横にふる。

「問題はない。貴公の力は借りぬ。治療は許可しない」

「でも」

「慣れぬことをしたからである。小生は平生より現世と常夜を往来しているわけではないからな。貴公ら人間の言うところの疲労だ。疲れている。疲労には、休息で対処するだろう？　薬は優秀だが、必要のないときまで頼らなくともよい」

「それでも、苦しいなら……」

「大事ない」

七色鱗は頑なだった。そのやりとりに、鴉が嘴をなでる。

「放っておきなよ、咲楽」

鳥類の顔では、鴉の表情はわかりにくい。けれども、ちょっと面白がっているような気がした。

「見ていたとおり、現世での七色鱗はあの有様だ。咲楽が協力を申し出なかったら、自力で珊瑚に辿りつけたかも怪しい。そのうえで、汝に甘えすぎるのは気が進まないんだと思うよ」

「そんな。わたしは、ただ役に立ちたくて……」

「それは汝の都合だよ。自分を安売りするのはよくない。これ以上、汝が干渉すると七色鱗に支払える対価がなくなってしまう」

「でも、これはわたしの善意で、お代なんか」

「汝にとってはそうかもしれないが、唔たちには違う。忘れてもらうと困るけど、汝は唔の商品なんだよ」

この話は、以前にもされた。

魔者の価値観は基本的に等価交換で、品物には相応の対価が必要である。そして、咲楽は鴉の商品になるという契約を結んでいた。

咲楽が無償のつもりでも、魔者にとっては対価を支払うべき行為なのだ。

「魔者の中にも、そういうの気にしない連中もいるけどさ……七色鱗は結構真面目なんだよ。汝と似た性質さ」

七色鱗は、椅子に座ったまま顔を背ける。彼女は鴉の言葉を否定しなかった。

「じゃあ、せめてお茶かコーヒーを出させてください。これは……うちでは、サービスなので、お代はもらっていません。大丈夫でしょうか？」

疲れが早くとれるようにしよう。そう提案すると、七色鱗は渋々といった様子で「許可する。コーヒーがよい」と返した。ついでに、鴉も「唔もコーヒーね」とつけ加える。言われなくとも、咲楽は鴉のコーヒーも淹れるつもりだった。

鴉は嗜好品として人間の食物を好んでおり、コーヒーを飲むのも日課だ。ただし、嗜んでいるが、あまり味について理解していない。彼がインスタントコーヒーを淹れると、粉と湯が一対一の割合だし、パンを焼けば炭になる。食事面は咲楽の担当だ。

咲楽は台所へ行き、瓶を開けると、苦くて香ばしい匂いが広がる。マグカップに湯を注げば、また少し匂いが変わるので面白い。

コーヒーを淹れて戻る。

七色鱗は椅子の上で、居眠りをしていた。さっきよりも、やや身体が大きくなっているので、回復しているのかもしれない。咲楽は声をかけず、ストローを差したマグカップを置いておく。

鴉はあいかわらずだ。梨香や七色鱗が寝ているのに、気にせず自分の作業をはじめている。

「ありがとう、咲楽」

「いえ、大したこと――すみません。どういたしまして」

「うん、感謝は素直に受けとっておくと、言った側の気分がよくなる」

「はい……ありがとうございます」

鴉の前にストローつきのマグカップを置いたあと、咲楽は梨香のそばに歩み寄る。悪い夢を見ているのか、額に汗がにじんでいた。

「お母さん……ごめんなさい……」

梨香の手がなにかを求めて動くので、咲楽は思わず両手でにぎる。同時に、きっと、彼女の求めているのは咲楽の手ではないのだと感じた。

「あ……」

梨香のまぶたが薄らと開く。

目と目があって、咲楽は戸惑った。ぎこちないが、精一杯、笑みを返してみる。

梨香から笑みは返ってこない。

代わりに、寂しそうな表情が浮かんだ。

目を覚ました梨香は、思いのほか落ち着いていて、咲楽の話を聞いてくれた。

鴉は人間の姿をしてくれているのでともかく、七色鱗にも、あまり驚かないようだ。

やはり、魔者を見慣れている。

咲楽は、少しずつ梨香から事情を聞く。

梨香には、物心ついたときから、かなりはっきりと魔者が見えていた。触ることもでき、一緒におしゃべりもしたようだ。

しかしながら、その姿が周囲には奇異に感じられていた。なにもない場所に話しかけたり、怯えたりしている梨香は、人々にとって異様な存在だったのだ。

梨香を気味悪く思う者があとを絶たなかった。どうして、自分には他の人に見えないものが見えているのか。誰に相談すればいいのかもわからない。

それでも、両親は梨香を受け入れて愛してくれた。

と言っても、なにかできたわけではない。ただ梨香の話を否定せず、聞いていてくれたにすぎなかった。だが、梨香にとってはそれで充分である。

周りの誰に理解されなくても、両親がいれば大丈夫。

歯車が狂ったのは、今から二年前だった。

両親と三人でキャンプへ出かけたときのこと。

河原で遊ぶ梨香に、ある魔者が話しかけたのだ。

それは牛の身体と、人間の頭を持った魔者だった。魔者に話しかけられるのは珍しいことではなかったので、梨香は魔者の話を聞いてしまう。

――その箱にのれば、おまえは死んでしまうよ。

魔者は梨香に予言を告げた。

いろんな嘘をつく魔者がいる。惑わされないようにしなくてはいけないのだと、本能的に感じていたが、梨香は魔者の言葉が嘘ではないと直感した。

箱とは、車のことだろう。お米を忘れていたので、これから、梨香たちは車で道の駅へ買い物に行く予定だった。

すぐさま、梨香は車にのりたくないと駄々をこねた。のらないほうがいいと、両親を説得する。

――しょうがないな。じゃあ、俺が行って買ってくるよ。

結局、お米がないと飯ごう炊さんができないので、父だけが買い物へ行った。

梨香と母は車にのらずに済んだ。

ああ、よかった……とても怖かったので、そのとき梨香は、「助かった」と思っていた。

だが、父は、梨香たちのもとへ帰ってこなかった。

山道で居眠り運転をしていた対向車と、正面衝突したそうだ。梨香は父の遺体と会わせてもらえなかったので、どのような状態だったのか知らない。

きっと、三人でのっていれば、三人とも死んでしまっていたのだろう。

後悔した。

梨香は魔者の言うとおりに、車にはのらなかった。けれども、もっと抵抗するべきだったのだ。自分と母だけが助かってしまった。

どうして、ちゃんと教えてくれなかったの。と、梨香は魔者を恨んだりもした。

責めて、責めて、後悔して。

梨香もどうすればいいのかわからなかった。

そして、気づいてしまう。

あの日から、母が梨香と目をあわせてくれなくなった。

母の異変を実感したのは、父の死から半年も経ったころだ。梨香は後悔に引きずられて、母がどんな目で自分を見るようになったか、気づいていなかった。

「お母さん、わたしのこと怖がるようになってた……」

言いながら泣きはじめる梨香に、咲楽はどのような言葉をかければいいのかわからなかった。

「お父さん、わたしのせいで死んじゃったから」

「梨香ちゃんのせいなんかじゃないですよ」

咲楽は即答したが、梨香には響いていないようだった。

梨香に予言を与えたのは、おそらく、件《くだん》という魔者だろう。人間に災厄や死を予言する魔者だ。予言に従った梨香は決して悪くない。件も、梨香に好意を持っていたはずだ。ただ、掛け違えてしまっただけ。

魔者たちは気に入った人間を助けてくれることがあるが、その家族などは別だ。全員を救う助言をしなかったのは、実に魔者らしい発想と言える。

「お母さん、独りでいることが多くなった……いつも独り言が聞こえて……見ると、やっぱり怖い顔してて……」

泣き崩れる梨香の肩を、咲楽は抱きしめた。

梨香は環境が悪かったと言わざるを得ない。

彼女には、魔者が見える。梨香が退魔の術が使えるかどうかは、咲楽にはわからないので、神楽に相談したほうがいいけれど……きっと、しかるべき環境があったならば、こんなに悩まなくて済んだはずだ。

退魔師の力を持つ者の多くは、退魔師の家系に生まれる。が、稀に関係のない家庭から見出されるケースもあるのだ。もっと早く、梨香の存在に退魔師が気づいていればよかった。

「お母さん……わたしのこと……包丁で……でも、刺せなくて……次の日、自分から病院に行って入院しちゃった……」

梨香は、母が心の病気になったのだと聞いている。母が入院してからは、伯母の家に預けられた。

けれども、梨香を預かった伯母たちは、彼女に好意的ではなかったのだ。伯母たちは、母親から梨香についての相談を受けていた。梨香は変わった子供で、呪われている。父親も殺してしまった、と。

母親の精神状態はまともではなかったため、伯母たちは、母の話をすべて鵜呑みにはしなかったが……母親をあんな状態にしたのが梨香だというのは、理解していた。

「だから、伯母さんは梨香ちゃんに辛く当たってしまったのですね」

咲楽が頭をなでると、梨香は「うん……」とうなずいた。

すべて掛け違えだ。誰が悪いのでもない。

梨香を虐待していた伯母は、よくないことをしたが、その理由を辿るとやるせない。誰も正しい知識を持っていなかったのだから。

「梨香ちゃんは、とても素晴らしい才能があると思います」

「才能？」

「はい。これは誰にでもある才能じゃありません」

魔者たちは退魔師を恐れる。自分たちを狩る存在だからだ。退魔師を見ただけで殺してしまおうと襲いかかることもある。

その点、梨香は魔者から好かれる才能があるようだ。梨香が退魔師になれたら――魔者から好かれる性質を持った退魔師になれたら。

「件さん――牛の身体を持った魔者は、梨香ちゃんを救ってくれました。それは、梨香ちゃんを好ましいと思ったからなんです」

退魔師の素質がありながら、魔者から好かれる者など、そうはいない。

梨香には、誰にもない才能があるのだ。

咲楽が望む――人間と魔者の架橋になれるかもしれない。

「よくがんばりましたね」

家族からの仕打ちはつらいものだっただろう。長い間、家族から蔑ろにされてきた咲楽には、共感できる。梨香の立場とは明確に異なるので、「理解できる」は違う気がするが、「共感」は可能だ。

梨香はやはり泣いていたが、咲楽の顔をしっかり見てくれる。

信用……してくれているのでしょうか。そう感じた。同時に、この少女を暗闇の中から救いたいとも思う。

だが、目的も忘れてはならない。

咲楽は梨香をなだめながら、七色鱗の珊瑚について聞き出すタイミングをはかっていた。

梨香が持っているのは確実だ。眠っている間に着衣を検めることもできたが、そうしていない。本人としっかり話をしたかったからだ。

「あの、梨香ちゃん――」

珊瑚について聞こうと口を開いた瞬間、咲楽は異変に気づく。

鴉の薬屋は古いコンクリート造りだ。窓ガラスははまっておらず、内と外を隔てるものはない。

『――た。――せ……』

窓の外から、にょきりと手が入り込んできた。動物の前脚のような……あっという間に、寝台に座る梨香を連れ去ろうとする。

「!?」

「梨香ちゃん！」

咲楽はとっさに、梨香を庇って寝台へあがる。腕は梨香ではなく、代わりに飛び込んだ咲楽をつかんだ。

しっかりと身体がつかまえられたかと思うと、ふわりと宙に浮く感覚。咲楽は窓枠に張りつこうと、腕を伸ばすが、無駄な努力だった。そのまま、引きずられるように、外へ出てしまう。

『チガウ……おまえじゃない……！』

咲楽をつまみあげながら呻いたのは、巨大な旧鼠だった。先日、通行人を襲っていた旧鼠と同じであると直感する。常夜にいるせいか、現世で見たときよりも遥かに大きい。二階建て、いや、三階建ての家くらい？　とにかく、咲楽などちっぽけで、すぐににぎりつぶされるという恐怖がわいた。

神楽に祓われていなかったのか……しかし、どうしてここに？

『儂の娘……返せ』

旧鼠は、咲楽が「儂の娘」ではないと気づき、怒りを露わにしていた。そして、まるでゴミくずみたいに、咲楽の身体をポーンと宙に放り捨ててしまった。

「あ、あ、ああああ！」

とても高く放り投げられて、咲楽は思わず叫び声をあげた。

守りの外套は羽織っているため、落ちても大した衝撃も感じないのは頭でわかっているが、目を開けていられなかった。

放物線を描くように身体があがって、あとは落ちていくだけ。

その軌道を何者かが受け止めた。

力強いが、温かくて心地いい。

「咲楽は本当……向こう見ずだよね」

咲楽の身体を受け止めたのは、鴉だった。

「す、すみません……」

咲楽の心臓は、まだバクバクと音を立てていた。もう安心だと言い聞かせても、しばらく身体は恐怖に縮んでいる。

「そこは謝らなくても……いや、唔が責めたね。ここは、謝罪でもお礼でも、どちらでもいいか」

「そうですね。どちらでもいいと思いました」

などという会話は、どうでもいい。

鴉は、咲楽を抱いたまま背中に生えた黒い翼を羽ばたかせた。風が巻き起こり、すごい速さで降下していく。

「家を壊されたら、たまったもんじゃないよ」

巨大な旧鼠は鴉の薬屋を持ちあげようとしている。このままでは、屋根や壁が壊れてしまうかもしれない。鴉が指を鳴らすと、左手に錫杖が現れた。

「か、鴉さん！　話は聞いてくださいね！　あんまり強めに攻撃したら、駄目ですよ！」

「あれ見てよ。話を聞くように見える？　唔は反対だね」

「たぶん、あの旧鼠さん……梨香ちゃんを捜しているんです」

「ふうん、なるほどね」

鴉はわかっているのか、いないのか、適当な返事をしながら錫杖を投げた。錫杖は旧鼠の手を貫く。

咲楽が見あげると、鴉は肩をすくめた。

「加減はしてるよ。自己防衛の範囲さ。家を壊されると困るもの」

たしかに、このままでは薬屋が壊されそうだったので、自己防衛と言えば自己防衛かもしれない。

鴉は薬屋の屋根に降り立った。屋根と言っても、コンクリートの屋上のようになっているので、咲楽でも立っていられる。

攻撃されて怯んだ旧鼠が後ずさり、家から離れる。旧鼠は大きくて真っ赤な目で咲楽たちをにらんで、前歯を剝き出しにした。

「わたし、阿須澄咲楽って言います！　よろしくおねがいします！　ここは、わたしたちの家なんです。壊さないでいただけると、助かります！」

咲楽は旧鼠に聞こえるよう、声を張りあげたけれども、旧鼠に聞く気はないようだ。赤い目には、はっきりと怒りの感情が浮かんだままだ。

正気を保っていない。咲楽が常夜で出会った魔者たちとは、違うタイプに思えた。

「話を聞きたいです！　話をしませんか！」

咲楽の声は聞こえているはずだが、届いていない。旧鼠はまるで反応を示していなかった。話に応じる気がなさそうだ。

『儂の娘……返せ……返せ……』

聞こえてくる言葉は拙《つたな》くて、話し慣れていないのではないか。獣の獰猛《どうもう》さが剝き出しになっているようで、恐怖心を煽られる。

「だいぶ怒ってるね。あと、現世で育ったのかも」

「現世で育つと、どうして、ああなるんですか？」

旧鼠は古い家に住みついた鼠が、年月をかけて魔者になるとされているので、現世で生まれ育つのが自然だ。

「人間だって似たようなものだと思うけど。社会集団の中で育たなかった者は、どこか外れた存在になるでしょ？　あの旧鼠、あまり常夜に慣れていないよ」

たしかに。なるほど、と咲楽は納得した。集団生活や他者との交流で身につくものは大きい。言葉や行動は、他者との関係で磨かれるスキルだ。

「鴉さんも、他の魔者のみなさんとは違っていますもんね」

一番身近な存在を例にすると、わかりやすい。鴉も常夜で暮らすが、店に来る魔者以外とはあまり関わらない。そのせいか、他の魔者と比べても「変わり者」だというのは、咲楽にも理解できていた。

「……汝にだけは、言われたくないな」

鴉は嘴をなでながら答える。不服そうだ。

「わたしは……今、勉強中です」

そんなやりとりをしている間にも、旧鼠は前脚をふりあげる。

鴉が咲楽の前に立つ。両手に錫杖が出現しており、応戦するつもりだ。自己防衛の範囲……とはいえ、旧鼠には話しあう気がないので、もうこれは強硬手段の段階かもしれない。

なにか話しあう方法はないだろうか。咲楽は、鴉を止めようと装束の袖をつかんだ。それにより、飛び立とうとしていた鴉の動きが止まる。

「咲楽、自己防衛させて」

「まだ話しあえます！」

「いや、無理でしょ。あれ」

鴉が出遅れた隙を見て、旧鼠が前脚をふりおろす。

「鎖縛《さばく》――急急如律令！」

凜とした少女の声が響くと同時に、襲いかかってきた旧鼠の動作がピタリと静止した。旧鼠の身体が半透明な鎖で縛られている。旧鼠は暴れようと身体をよじった。が、それ以上の力で締めあげられている。

これは魔者の力ではない。

退魔師が術で練りあげたものだと、一目でわかった。退魔の術は魔者を祓うために使用する。ときには、複数人の退魔師で協力し、強い魔者を倒す必要もあった。足止めに、捕縛の術も利用する。

「神楽……!?」

咲楽は叫びながら、術者の姿を探した。

「ここだ」

木の上から、神楽の返答が聞こえる。

ふり返ると、術を駆使する神楽の姿があった。隣には、不服そうな顔の案内人が立っている。

神楽は案内人に門を開かせて、常夜へ来たらしい。魔者ではない者が常夜へ来るには、一番の方法であった。人間の退魔師が歩き回るのは危険だが、案内人なら安全な道を示すことが可能だ。

「どうして、神楽……?」

咲楽が問うと、神楽は木から飛びおりた。

そして、動けない旧鼠を見あげる。

「こいつを追ってきた」

神楽が取り出したのは、攻撃の呪符ではない。

ピンク色のプラスチック容器。可愛いキャラクターがプリントされたお弁当箱であった。中身は空っぽで、すでに食べられたあとだ。

「おまえは、人を襲ってこれを奪っていたんだな」

問いは素っ気なく簡単であったが、そこに糾弾の色はなく、ただ静かに事実を確認しているようだ。

「襲われた人は、みんな弁当を持っていた……この旧鼠が欲しかったのは、持ち運びができる人間の食料だったんだ」

人間の食料……？

言われてみれば、咲楽が助けようとした男性も、お弁当の袋を持って歩いていた。

「人間に、食べさせていたんだろう？　この弁当箱も、あの倉庫に落ちていた。ほかにも、いくつか空の容器や食べかすがあった。どれもおまえが食べたにしては不自然なくらい綺麗だったよ」

神楽の言葉から咲楽は直感する。

梨香が閉じ込められていた倉庫だ。あそこには魔者の気配はあったが、姿がなかった。

旧鼠が出入りしていたのだ。

「あの子に食べ物を与えていたんじゃないのか？」

梨香は伯母から虐待を受けていた。暴力だけではない。倉庫に閉じ込められたのも、一度や二度ではなかっただろう。

旧鼠は虐待され、閉じ込められていた梨香に食事を運んでいた。

人間を襲ったのには理由があったのだ。

旧鼠は「儂の娘を返せ」と言っていた。あれは梨香のことだ。そして、倉庫からいなくなった梨香を盗られたと誤認して、常夜まで追ってきた。だから、こんなに暴れていたのだ。

倉庫の鍵は無理やりこじ開けたし、誰にも言わずに連れてきてしまったので……旧鼠が、娘を盗られたと誤認しても不思議はない。あそこでは七色鱗が魔者の力を使ったので、痕跡も残っていただろう。

いろいろ照らし合わせれば、符合する点が多い。

「鎮まれ。おまえの娘は無事だ」

神楽は言いながら、薬屋の窓に視線を向けた。

すると、中から梨香が顔をのぞかせる。怯えた表情で旧鼠を見ていたが、やがて、窓枠を乗り越えて外へ出た。

術の鎖を引き千切ろうともがいていた旧鼠の動きが変わる。梨香を見据えて、大人しくなった。赤い瞳から怒りが消え、穏やかな色合いになっていく。

梨香は旧鼠を見あげながら、ゆっくり近づいた。

「ありがと……」

ぽつりとつぶやかれた感謝は、神楽の推測を裏づけるものだった。

神楽が宙を切るように腕をふると、術の鎖が崩壊する。束縛がなくなり、旧鼠は自由の身となった。

もう襲ってきたりなどしない。

建物よりも大きかった旧鼠の身体は、みるみるうちに縮んでいく。敵意はなくなり、梨香の前にゆっくりと歩み寄った。

梨香の正面に二本の足で立ったとき、旧鼠の大きさは梨香と同じくらいになる。

『すまん……すまん……』

旧鼠が戸惑ったような声でつぶやく。怯える梨香の顔を見たからだろう。

「ごめん、大丈夫」

梨香は目の前に立つ旧鼠に、両手を伸ばした。やわらかい毛に覆われた首を抱きしめる。

今まで見た梨香の表情の中で、一番穏やかで無垢で……子供らしかった。

その旧鼠は古い家に住みついた鼠であった。

猫又など、現世の動物が月日を経て魔者に変じるのは珍しくない。そうやって現世で生じ、現世で育つ魔者も多いのだ。

旧鼠は人目から隠れて生活していた。人を襲ったり、関わったりすることはなく、ただただ静かな日々を何百年も続けていたという。住んでいた家が壊されても、住み処を転々としながら。旧鼠となっても、鼠と変わらぬ暮らしをしていた。

そんな旧鼠が初めて関わりを持った人間が、梨香である。

住みついた倉庫へ放り込まれた人間に、旧鼠は興味を持った。どうやら、その娘は旧鼠の姿が見えるらしい。それが原因で虐待を受けているのも察する。

不思議と惹かれる娘だった。旧鼠の姿が見えるが、退魔の術は使えない。

お腹が空いたと泣いていたので、気まぐれに食べ物を与えた。

最初はなんの感情もわかなかったが……次第に、旧鼠は魔者となる前の記憶が蘇ってきた。

かつては、旧鼠にも我が子がいたのだ。

魔者となってからは、ずっと一匹だったので忘れていた。

姿形も種も違うのに……旧鼠は梨香を自分の娘だと思うようになった。空腹なら食べ物を与え、彼女が求めれば話を聞いた。発音の不自由な旧鼠は基本的に、聞き手だったが……梨香の現状に対する不安や恐怖は伝わってきた。

倉庫にいるときは、誰にも見られないので、梨香が魔者と話していても気味悪がられる心配はない。倉庫の闇は暗くて怖い、孤独な仕打ちの象徴であったが、梨香が周囲を気にせずに済む場所でもあった。

ふと、

――誰にもわからない方法で、殺してしまいたい……。

梨香がこんなことを漏らした。

誰を殺してしまいたいのか、聞かなくともわかる。それほど、梨香の境遇は辛いものだと、旧鼠も理解していたからだ。

誰にもわからないように、人間を殺す。

この娘の望む品を、旧鼠はなんでも与えてやりたかった。

旧鼠が伯母を嚙み殺してしまっても、かまわない。獣らしく無残に頭を引き千切って、臓物を食い荒らせば、梨香に疑いの目は向かない。誰も、梨香が望んで殺したとは思いもしないだろう。

けれども、旧鼠は思い出した。

常夜に行けば、七色鱗の珊瑚がある。

魔者の管理する珊瑚には、いかなる怪我や病も癒やす万能の効力があるのだ、と。一方で、人間に対しては逆の効果があり、飲めばたちどころに死んでしまう。他の魔者とは群れなかったが、長らく生きていると多少の噂は聞こえてくる。

常夜の薬を使えば、人間には原因がわからぬまま殺すことが可能だ。

旧鼠は常夜へはあまり行かない。現世で魔者となった旧鼠にとって、あそこは故郷ではなかった。それでも、知識はあるし、魔者であれば排除もされない。

そうやって、旧鼠は梨香のために常夜へ渡り、七色鱗から珊瑚を盗んだ。

「これ……」

すべてを語ったあとで、梨香は咲楽の前に小さな石を差し出した。

きらきらと、七色に光る不思議な石だ。艶のある球体で、ゆがみが一切見られない

――これが、七色鱗の珊瑚だ。

珊瑚と聞いて、咲楽は赤い枝の形を思い浮かべていたけれど、実物は磨きあげられた宝石のようだ。七色鱗自身と同じく、複雑な光を反射している。

「鼠からもらったけど……わたし、使えなかった」

旧鼠から珊瑚を受けとっても、梨香には使用できなかったのだ。効力は説明されて、理解もしていたけれども、彼女は珊瑚を使えなかった。

隣にいた旧鼠が心配そうに梨香の顔をのぞく。だが、梨香は首を横にふり、「返すよ」と言った。

「あんなこと言ったけど……怖いから」

梨香はうつむきながら、泣くのを我慢しているようだった。

「まあ、人間が魔者を殺すのはいいけど、人間が人間を殺すと法で罰せられるからね。同族殺しを防ぐ仕組みが上手いよね」

鴉は、うしろでこう評価しているが、そういう問題ではない。しかし、今は鴉に人間の倫理観を説いて理解してもらう場ではなかった。

咲楽は梨香から珊瑚を受けとる。

とても小さな石だが、思ったよりも重量感があった。

「いろいろ……ごめんなさい」

「梨香ちゃん、頭をあげてください」

梨香が謝罪する必要などない。咲楽は梨香の肩に手を置いた。

「誰も、悪くないじゃないですか……全部」

悪い者など、誰もいなかった。

全部、掛け違えてしまった結果で、梨香が謝罪することではない。

「提案だが」

今まで黙って聞いていた神楽が声をあげる。

梨香はやや怯えた顔で神楽を見た。どうやら、神楽が不機嫌なのだと思っているらしい。

咲楽は急いで神楽に、「怖がられていますよ」と耳打ちした。すると、神楽はばつが悪そうに咳払いする。

「おま……君は魔者が見えるな」

言いながら、神楽は今度は咲楽を横目で見る。その意味がわからず、咲楽は首を傾げた。

「触るぞ」

神楽は梨香の額に指を当てた。力の流れを見ているのだろう。しばらくもしないうちに、表情を緩めた。安心しているようだ。

「君は訓練すれば退魔師の術が使えると思う。どこまで行けるかわからないが……学べば、それなりにはなる」

「たいま、し？」

梨香は首を傾げながら顔をしかめた。

「退魔師にならないか。幸い、うちは……その……養子を探しているんだ」

なぜ、神楽が言い淀んだのかわかったけれど、咲楽は指摘しない。

理由はなんとなく察した。

阿須澄の家が養子を探している——両親は完璧に咲楽を〝捨てて〟、次の子を育てることにしたのだ。おちこぼれで、退魔の才能もない。逆に魔者を癒やす力を持った咲楽は、自分たちの子ではないと割り切った。

見殺しにされそうになったのだ。驚きはしない。今も学校へ通うだけの仕送りはされているが、それだけの関係である。もう子とも思っていないのだろう。一人暮らしのマンションを放置して、常夜で暮らしていると知れたら、彼らは、どうするのだろうか。

だから、神楽の言葉を聞いても、咲楽はとくに傷つかない。

「いい考えだと思います。梨香ちゃんは魔者に好かれる貴重な退魔師になれるかもしれません。旧鼠さんとは、しばらく離ればなれになりますが……」

咲楽が賛同すると、神楽は一瞬だけ目を伏せる。

「最終的に退魔師になる必要はない。大変な仕事だからな。辛い目にも遭う。でも、魔者のことや、自分のこと、知識だけは持っていたほうがいい。なにもわからないよりも、ずっと役立つはずだ。これは身を守るためでもある」

神楽の言うとおりだった。咲楽だって、退魔師の能力がないのに生きてこられたのは、最低限でも知識があったからだ。

退魔師の家系に生まれても、才能がない人間は多い。退魔師とならず、普通の生活をする者もいた。咲楽の場合は能力が特殊すぎたので迫害されたが……。

「……お姉さんのとこへ行ったら……また、お母さんと仲よくできる？」

梨香の問いには、迷いが込められていた。

そして、切望している。希望にすがりつくように。

「それは、わかりません」

咲楽は、希望だけを提示する、都合のいい返事をしたくなかった。

梨香の母親との関係修復には、時間がかかる。距離を置くのは今の梨香には必要だろう。魔者についての知識や耐性がつき、原因を母親に理解してもらえれば、梨香に対する恐怖が薄らぐかもしれない。

だが、それが必ずいい方向に転がるとは断定できないのだ。

「梨香ちゃんのこれからを決めるのは、梨香ちゃんですから……でも、仲直りするための材料にはなると思います。梨香ちゃんをお母さんに理解してもらうのは、必要なことです。受け入れてもらえるかは……お二人の努力にかかっています」

残念ながら、咲楽にはできなかった。捨てられてしまった。希望的観測ばかりを並べたくない。

「わたしは……応援しますよ」

けれども、咲楽もいつかは……もしかすると、両親に存在を許してもらえる日が来るかもしれないと、期待していた。

だから、梨香の希望も否定しない。

「わかった」

返事をする梨香の顔は、絶望していなかった。

明るい笑顔とも言えない。

ただ、決意があった。

第三章　真夏の夜の雪

1

常夜の夏は、現世と似て非なるものだ。

常夜でも気温は変化する。やはり、高温多湿でやや過ごしにくい。むしろ、現世よりも蒸し暑かった。

雷虫《らいちゅう》によって電化製品が使えるため、扇風機《せんぷうき》が命綱だ。加えて、涼しさを感じる生地で衣を作って、ようやく過ごせるという具合だった。クーラーはない。窓にガラスがはまっていないので、鴉の薬屋ではあまり意味がないからだ。

季節によって、夜泳虫の色も変わる。春はほのかに橙色を帯びた炎のような黄色なのだが、夏になると黄みが強くなる。逆に、冬は青みがかるのだ。気にしなければわからない程度の変化なので、鴉などは「そういえば、そうかもね？」という反応だった。

「鴉さん。それ、わたしの宿題ですよ？」

気がつくと、テーブルに広げたノートを、鴉がのぞき込んでいた。嘴をなでながら、興味津々といった様子だ。

「これは、なに？　計算？」

「数学っていうんですね。そうですね。計算の方法や考え方を学ぶ教科です」

「算盤《そろばん》？」

「そんなところです。応用編でしょうか」

「学ぶのは、読み書き算盤だけじゃないんだね。その知識は、なにに使うの？」

「なにと言われると困りますが……たとえば、鴉さんが拾ってくる現世の電化製品は、これらの数学や科学を総合して作るんです」

「なるほど……生活に直結する知恵にはならなくても、人間が豊かになるために必要な知識、ってやつね。満遍《まんべん》なく学ばせて、未来に投資しているわけか」

「そうです。そのとおりです……いえ、生活にも役立つ場面はあるのですが」

「なるほど、なるほど。そうやって人間は力を補うわけだ。弱いから」

「ああ、はい。そう、ですね……」

「いいことだと思うよ」

　鴉は人間とは考え方が違うと達観していながら、生活や文化には興味を示す。たぶん、好奇心だ。理解しようとは思わないが、知りたいという欲はある。だからこそ、咲楽とも一緒に暮らせるのだろう。

「それにしても、宿題っていうの？　すごい習慣だよね」

「そうですか？」

「うん。だって、教師が時間内に教えられない分を、自分で解いてこいだなんて。なんのために、学校へ通うんだい？」

「それは違います。教員は時間内に教科書の内容を一通り授業してくれます。しかし、それらを知識として身につけるには、一度じゃ足りません。学習した内容を生徒自身が反復するために、宿題があるんです」

「一度で覚えられないの？」

「むずかしいと……思います。わたしも、鴉さんに教えてもらったことはメモをとって、あとで復習しているんですよ」

「嗚呼、なるほど。そういえば、そうだね。汝《きみ》はよくメモをとる。納得するよ。では、生徒は自分で勉強をすればいいのに、どうして宿題なんかにするの？」

　こういう問答はときどきある。そのたびに、鴉の考え方が独特なので、咲楽はもっともらしい返答をする必要があった。だいたい咲楽の持論だ。正しいかどうかはわからないけれど、とりあえず、鴉を納得させればいい。

「最近、学校へ通って感じたことですが……生徒全員に平等な意欲があるわけではないんです。なにも言われなければ遊んでしまう生徒もいますし、際限なく参考書を解き続ける生徒もいます。学校は少しでも全体の学力を高めるために、宿題を出しているのではないかと思いました」

「なるほど。たしかに、汝のような生徒は〝宿題〟で範囲を設定しておかないと、何冊も参考書を解き続けてしまうものね。適量を教える意味では、いいのかも」

まるで、咲楽が適量をわかっていないような言い草だ。が、実際、宿題がなければ……自分が考える適切な自主学習をしてしまいそうだった。そして、咲楽の考える適量は、教員が課す宿題よりも、遥かに多い。

もちろん、自主学習は大いに結構で、推奨されている。咲楽は現在、受験生なのだ。高校三年生の夏休みは、貴重な時間である。無制限に勉強していてもいいくらいだ。

咲楽は、神楽に「たくさん勉強して偉くなります」と約束した。そして、魔者と人間が共存できる社会作りに貢献したい。

大学へ行こうと思っている。

受験には保護者の署名等が必要なので、一度、手紙を書いてみた。実家を出てから初めて連絡をとってみたのだが、返事は素っ気ない。必要な書類をそろえたら、郵送しろとだけ返答された。

学費も高校同様払うので、好きな学校を選んでいいらしい。でも、咲楽はお金の援助を断ろうと思っていた。奨学金を借り、アルバイトをしながら自分で通いたい。これ以上、両親に支援を求めないほうがいいと感じたのだ。自分の力で自立したい。

そんな考えもあって、咲楽は毎日、昼過ぎまで鴉の薬屋で働いている。そのあと、夕方からは現世へ行って朱莉《あかり》のレストランでアルバイトをしていた。たくさん稼いでおきたいと思い、夏休みのシフトは多めに入れてもらっている。

勉強と仕事の両立は大変だ。それでも、なんとか時間をやり繰りしていると、充実した毎日を過ごしている気分になる。

「まあ、いいや。興味深かったよ」

鴉はしばらくすると、あっさりと自分の作業台へ向かい、薬の調合をはじめた。興味深かったと言っているが、たぶん、もう気が済んだのだ。好奇心がある一方で、あまり固執しない。

『これ……わかった……』

鴉の手元で、道具の整理をしたり、薬を渡したりしているのは旧鼠だ。掌サイズのもふもふとした鼠の姿で、鴉の助手をこなしている。

梨香が阿須澄家へ引き取られ、旧鼠とは離れることになった。魔者である旧鼠を、退魔師の家には一緒に連れていけないからだ。

咲楽は旧鼠に、薬屋で一緒に暮らそうと提案した。ここにいれば、神楽を通じて梨香とも連絡がとれる。

今は「鼠《ねずみ》の翁《おきな》」と呼んでいた。名前とは別物だが、このほうが個性があっていい。鼠の翁は言葉があまり巧みではないが、薬屋の助手としては充分な働きをしていた。

梨香も現世でがんばっているらしい。養子の話を持ち出したとき、彼女の伯母夫婦や母親は、なんの異議も唱えなかった。早く手放してしまいたかったという意思が見えて、梨香も悩んでいたが、いつか関係が修復できると信じている。

前向きに、みんな歩もうとしていた。

咲楽が心配しなくとも、世界は正常に回るのだ。

「…………」

視線を落とすと、足首で光る数珠が見えた。

アンクレットのように身につけているが……数珠に使用された石の一つは、七色鱗からもらった珊瑚である。

結局、盗んだ鼠の翁も、梨香も珊瑚を必要としていない。七色鱗自身も、珊瑚が悪用されないのであれば、どこにあっても問題ないという意見だ。

珊瑚捜しに協力した対価として、七色鱗からもらってしまった。

鴉は調合して薬にすればいいと言っていたが、このままでも、魔者にとっての万能薬だ。

珊瑚を魔者の体液にひたせば、神変奇特酒になるらしい。体液と聞いてまっさきに血を連想するが、涙や汗でもよかった。ただ、薬として使うにはそれなりの量が必要で、涙や汗などの体液を集めるのは現実的ではない。

神変奇特酒は人間に活力を与えるが、逆に魔者には毒だ。効果がまるで反転してしまうのが面白いので、鴉が大変に興味を持っている……部屋に保管していると、勝手に持ち出しそうだと思い、咲楽はアンクレットに加工した。

「もし」

ゆっくりとした日常が流れる、薬屋の扉を叩いた者がある。

古びた蝶番がギィギィと音を立てた。

店の中へ流れ込む風が……ひんやりとしている。クーラーというよりは、冷凍庫の扉を開けたような。

「鴉の娘を訪ねてきたのだけれど……あなたかしら？」

「あ……はい」

鴉の娘とは、咲楽のことだ。薬屋を訪れるお客から、そのように呼ばれる。「案内人」や「七色鱗」と似たようなものだ。名前とは違うが、咲楽を示す。あだ名みたいな感覚だった。

そう呼ばれるのは、珍しくない。それなのに、咲楽がぼんやりとした返事をしてしまったのは……お客があまりに美しかったからだ。

見目麗しい魔者は多い。七色鱗や酒呑童子だって、美しかった。

だが、彼女は〝別格〟だ。

真っ白な肌に、真っ白な髪、唇だけが真っ赤。新雪のごとく純白で冷たそうだが、やわらかい丸みがある。銀の瞳が儚く切なげで、触れてしまえば、この者は崩れてしまう。そう思わせる危うさがあった。

白くて長い着物の裾を引きずる様が、水面を滑る白鳥のようだ。身体が透きとおっていないのに澄んで見える。

不思議だ。

輝いているわけではないのに、ぼんやりと照らされる気分だった。

「やあ、雪姫《ゆきひめ》。こんな時期にどうしたの？」

鴉とは顔なじみのようだ。

雪姫と呼ばれた魔者は、薄らと笑みを浮かべる。その表情一つひとつも、細密な氷の彫刻を思わせ、触れれば割れたり溶けたりしてしまいそうだ。

この段階になって、咲楽は雪姫が雪女だと認識する。

「あなたの娘に用がありまして。お薬なのでしょう?」

雪姫は優美に微笑んだ。

咲楽はすっかりと見蕩れて、ぴくりとも動けなくなってしまう。そんな咲楽の顔を、雪姫は期待を込めた眼差しでのぞき込む。まるで、道ばたの猫を愛でるような表情である。

「そんなに怖がらなくても、よろしいのよ?」

「こ、怖がってなんて……」

「怖がっていますよ。あたくしには、わかるの」

なんだか、口を利くのもおこがましい。

そういう気分になるのだ。

これを〝怖がっている〟と定義するのなら、そうなのかもしれない。

「あなたに、おねがいがあるのです」

「わたしに……？」

雪姫の瞳は銀色だ。それだけではなく、雪の結晶がキラキラと反射するような繊細さがある。手を伸ばしがたく、息を止めてしまいそうな美しさだ。

そんな雪姫に微笑まれたら、たとえどんな依頼内容であっても、うなずくだろう。

「ひと夏の間」

雪姫の吐息が冷たくて、こちらまで白く染まる。

「あたくしの延命措置、してもらえますか？」

延命、措置……？


お客には、コーヒーか紅茶を出す。

魔者には食事や水分補給の必要はないが、咲楽が来てからは、なんとなくの習慣として定着している。

鴉には、ストローを差したホットコーヒー。雪姫は紅茶がいいと言ったので、咲楽はアイスティーにして出すことにした。レモンとガムシロップ、ミルクもつけておく。

「ありがとう」

アイスティーを受けとったときの笑顔も、儚げで冷たい。優しく笑っているのに、あまり温かいと感じないのは珍しかった。

「それで。延命措置って、なに？　汝、死にそうには見えないけど？」

向かいに座った鴉が単刀直入に聞く。

今回は咲楽への依頼だ。咲楽は聞き逃すまいと、メモ帳を取り出した。

「そのままの意味ですよ。これから、死ぬの。でも、あたくしがすぐに死なないように、延命してほしいのです……言葉、あっているかしら？　死ぬのを延ばすのだから、延命でいいと思ったのだけれど……違った？」

違わない、と思う。

が、鴉にも咲楽にも意味がわからない。

「あたくし、雪女なの。暑いところでは溶けて死んでしまうのです」

「そう、ですよね……？　雪女ですからね……？」

「普通は夏の間、常夜から出ません。山に穴倉《あなぐら》がありますから、そこで眠って冬を待つのです。冬眠ならぬ、夏眠ね」

「では、どうして？」

雪姫が笑うたびに、赤い唇が魅力的な艶を帯びる。瞳に宿った光は、百万の夜景にも劣らぬ煌めきがあった。

「現世へ行きたいのです」

そう言って笑う雪姫は、可憐《かれん》な乙女《おとめ》みたいで……遠い憧憬に焦がれているように見えた。

「毎日、現世へ行きたいのです」

こんな真夏に？

今、自分でも説明したとおり、雪姫が真夏の現世へ赴くのは自殺行為だ。常夜であれば、魔者に有利な力が満ちているが、現世ではどうしても弱ってしまう。雪姫が現世で夏を越すのは無理だ。

「一日、二日くらいなら大丈夫。だから、毎日、あたくしの穢れを取り除いて、延命してほしいのです」

咲楽は自分の両手を見おろした。この手には、魔者を癒やす能力がある。魔者が弱ることで発生する穢れを除き、自分の中へ移せるのだ。たしかに、咲楽なら雪姫が溶けないように、癒やし続けられるだろう。

「汝、自分がなにを言っているか、わかってるんだよね？」

鴉が嘴をなでる。これは「不思議そう」、いや、「怪訝そう」な仕草だ。鴉にも雪姫の意図が理解できないのだろう。

「もちろんですよ」

だからこそ、〝延命措置〟と言っているのだ。雪姫の肯定は、そう続くようであった。

「いくらなんでも、毎日続ければ、あたくしは溶けてしまいますよ。そんなこと、ちゃんとわかっておりますとも」

雪姫の口調は崩れない。

他人事を語っているのだと錯覚しそうだ。

「ひと夏の間、生きられれば充分です」

ひと夏と言っても、まだ七月の終わりだ。

八月末までを夏と定義しても、一ヶ月以上あった。最近は九月に入っても暑いので、本当に八月を夏の終わりとしてもいいのか疑問ではあるが。

「理由を聞いてもいいですか？」

いくらなんでも、理由も聞かずにこんな依頼を受けられない。

「理由ですか……どうしてでしょうね？」

雪姫は言いながら、両手の指を組みあわせる。

聞かれると思っていなかった。そんな雰囲気だ。

「毎日、会いたい人間がいるのです」

「人間……？」

「はい。彼女は、そうね……あたくしの〝半身〟なのよ」


それは冬のこと。

雪姫は現世で過ごしていた。彼女は常夜よりも、現世の雪が好きなのだ。

雪女は人間の魂を喰らうとも言われているが、実際のところは違う。雪の中で凍死する人間の話を聞いているだけであった。

今際《いまわ》に、雪姫が人間の姿で近づいて語りかけると、彼らは実によく話す。「雪女だ」と怖がられるが、雪姫が甘い笑みと声でなだめると、たいていは大人しくなる。そもそも、騒ぐような体力や気力が残っていない者がほとんどだった。

死に際に見るという走馬灯《そうまとう》みたいなものだろうか。そのような話を聞くのが好きなのだ。

ある者は後悔を。

ある者は幸せな思い出を。

ある者は生きたいとねがう。

とても興味深い。

もっと話してほしい。

けれども、みんなあまり長く語らなかった。

ほどなくして死んでしまうからだ。雪の中で人間が死ぬのは美しい。みんなどんなにもがいていても、最後には眠るように力尽きていく。それは、他のどんな死に方よりも綺麗だろう。

そんな死に際が好きだし、安らかであればいいと思って雪姫は語りかけている。べつに、命をとっているわけではない。ちょっとおしゃべりして、散り際を見せてもらっているだけ。人間にとっての害など一つもないはずだ。

その冬も、雪の中で人間を待っていた。

近ごろは雪山で遭難なんて人間は減っている。それなりに装備が発達したからだろう。でも、探せばいる。

その日に見つけた女は、スキーの板を履いていた。

雪姫はいつものように、人間に化けて近づく。女にあわせて、スキーヤーの姿だ。そうしたほうが彼女も安心するだろう。少しでも安らかで美しく終わってほしい。

女は息も絶え絶えになりながら、山道を進んでいる。方角はわからなくなっており、どちらに行けばいいのかも見失っていた。キャンプの用意はなく、山小屋でも見つけなければ夜は越せないだろう。体力もさほど残っていないようだった。

なにより彼女は、病におかされている。

身体が痩せ細り、痛みもあるのだろう。鎮痛剤が切れたようで、動くたびに苦悶の表情を見せている。なぜ、このような状態でスキーをしているのか、雪姫はとても興味があった。

じきに死ぬ。

きっと、彼女は死ぬために山へ入ったのだ。こんな状態でスキーなんて、どうかしている。

けれども、女は生きようとしていた。

雪姫のことを人間だと思った彼女は、「やっと助かった……！」と希望の顔を見せた。しかし、「あたくしも遭難しちゃったみたいなの」と嘘をつくと、絶望したのだ。

——少し、話をしましょ。そうしたら、落ち着くから。

雪姫は女に語りかけた。

どうせ死ぬのだから、安らかな気分になってもらいたい。そして、彼女の生い立ちや人生、死に際の気持ちについて聞かせてほしかった。

——嫌。私は……山をおりる。

そのとき、女は雪姫が人間ではないと悟ったのかもしれない。遭難したふりをしていたのに、「あなたも一緒におりるのよ」とは言われなかった。

——どうして、ここへ来たの？

——雪を……滑りたくて。

ただ滑るために、山へ入った。

女はそう語ったのだ。

自分は病気で、病院に入院している。山へ入ると希望しても医者が許可しないので、仕方なく病院を抜け出して一人で山へやってきた。スキー場で見つかるのを恐れて、コース外を滑っていたら滑落し、コンパスも荷物も、薬すらも失ってしまった。

笑ってしまうほど馬鹿だ。

こんな馬鹿な人間、初めてである。

女は本当に馬鹿だった。そんな状態なのに、本気で山をおりようとしていたのだ。痛みと寒さで身体がろくに動かないのに。

たしかに、彼女は死にそうだった。雪姫から見たって、もうほとんど生気が残っていない。蜘蛛の糸のような命を辿っている。それでいて、その糸はピンと張りつめて、切れる気がしないのだ。

とても興味を惹かれた。

人の死に際が好きだ。

けれども、彼女の生き様は……雪姫には美しく見えた。

どんな死に際よりも。

話をしながら歩いた。今際の遺言ではなく、生きている人間として、彼女の人生を知ってみたかったのだ。

「あんな雪の日に山へ行くなんて、よほどの馬鹿なのだと思っていたけれど。なるほど、馬鹿でしたわ。彼女、スキープレイヤー、なのですって？　あまりよくわからないけれど、そういう競技の選手なのですってね。だから、雪が見たかった、と。おかしくない？　命よりも雪が大切だったの。でも、命も捨てたくないと言うのよ。強欲ね」

話す間、雪姫は本当に楽しそうだった。それまでも儚げで切なげで、繊細な美しさがあったが……それ以上に、輝いていた。きらきらとしていて、生命力に満ちている。

「驚くことにね、彼女。そのまま山をおりてしまったのですよ。もう本当に、あたくしびっくりして」

あたくしが正しい下山の道順へ誘導していたのですけどね、と雪姫はつけ加える。雪姫はあくまでも、雪山で出会った女性の生命力と精神力を評価していた。咲楽も、話を聞きながらすごいと感じる。

「その人、今はどうしているんですか……？」

「入院していますよ。脱走の前科がありますから、厳重警戒になってしまいましたね」

まだ生きているのだと聞いて咲楽は、ほっとする。

「あたくし、彼女のお見舞いに行きたいの」

雪姫は夢見心地の可憐な乙女の様相だ。

「彼女、もう死ぬわ」

と、言う顔も……ずっと同じだった。

人が死ぬと言っているのに。

「次の冬まで持たない。この夏が限界かもしれません……あたくしね。彼女の死に際が見たいのです。どうしても、見たいの」

この夏で、死んでしまう。

そもそも、雪山へ入ったのも、女性は自分の寿命を予感していたからだ。余命を宣告されていたのかもしれない。

だから、無理を押して雪の山へ入った。女性にとって、最後のスキーだったのだろう。

咲楽は、雪姫の〝興味〟は鴉と同種だと感じた。人間に対する興味。好奇心。探究心。

そういう類のものだ。けれども、そこから……雪姫は一人の女性の生死を、追究したいとねがっている。

「これはただの好奇心と呼んでいいのですか？　執着というのかしら？　それとも、恋？　ねえ、人間の言葉では、なんと呼ぶのですか？」

雪が月あかりを反射させるような煌めきだった。雪姫の瞳の輝きに、咲楽はなんと名前をつければいいのだろう。

問いに答えることができなかった。

「でも、雪姫さんは雪女で……現世へ行くと……」

「それでも、見たいのです。あたくし、見たいの」

自分が溶けてしまってもいい。

そうまでして固執する雪姫の感情に、やはり咲楽は名前をつけられなかった。

魔者なら、咲楽が癒やせる。咲楽の力は、そういうものだ。だが、人間は癒やせない。女性の病気を治してはやれないのだ。

咲楽にできるのは、雪姫の要望どおりに、毎日彼女の穢れを取り除くこと。現世へ見舞いに行く雪姫が少しでも長く生きられるようにする……それだけだ。

「……わかりました」

咲楽は、そう答えるしかなかった。

「拒んでもよかったんじゃないの？」

不意に投げかけられた言葉に、咲楽は箸を止める。

そこで初めて、自分が〝ぼんやり〟していたと自覚した。雪姫が薬屋を出ていってからの記憶はあるが、なんとなくあいまいだ。というより、まったく「身が入っていなかった」のだと思う。

「雪姫さんのご依頼ですか？」

「うん。だって、咲楽ああいうの嫌でしょ？」

嫌でしょ？　と、聞かれると……咲楽は考え込んでしまう。なにをもって、鴉がそのように判断したのか、理由はわかる。

「嫌……とは、ちょっと違います」

「そうなの？」

「はい」

なんと答えればいいのだろう。

「むしろ」

咲楽は自分の気持ちを整理する。

雪姫の行動は理解できない。彼女が語る感情は、咲楽にはわからなかった。

だからだろうか。

「素晴らしいと、思ったんです……」

「素晴らしい？」

「素敵だな、と」

咲楽の返事を受けて、鴉は嘴をなでた。この答えは、彼の興味を惹いたらしい。

「わたしには、あんな風に夢中になれるものがないので……憧れなのでしょうか。とにかく、応援したくなったんです」

「ふうん、そう？」

鴉はますます興味深そうな所作をする。テーブルに肘をつき、顔をのせた。ちょっと身体が前のめりになるので、すぐにわかる。逆に興味を失ったときは、腕組みをして背もたれに身を預けるのだ。

テーブルに並んだお皿をながめた。

麦味噌の味噌汁が湯気を立てている。ふんわりと立ちのぼる出汁の香りが食欲をそそった。焼いた塩鮭には脂がのっていて、炊きたての白いごはんは一粒一粒輝いている。

インゲン豆の胡麻和えも、上手くできていた。

咲楽にとって大事なものは、こういう何気ない生活を続けていくことだと思う。常夜にいたって、魔者と一緒に暮らしていたって。

だから、雪姫の気持ちはわからない。

人の死に様が見たいという彼女の願望は、咲楽には理解できないものだった。

「雪姫さんの考えは、わたしとは違います。でも、雪姫さんにとっての大事なものと、わたしにとっての大事なもの……形は違うけれど、同じような気がして」

「全然違うよね？」

「そうなんです。それなのに……なんででしょう？」

「説明できないの？」

「できないんです。でも……そう思います」

咲楽は自分の考えをまとめることができなかった。

「まあ、よかったよ」

ふと、鴉が笑ったような気がした。

「咲楽が嫌々引き受けたわけじゃなかったら、安心かな」

鴉は箸で塩鮭を持ちあげる。とはいえ、唇がない。食べ方はちょっと斬新である……

持ちあげたままの切り身を、嘴で啄《ついば》むのだ。器用なことに、最後には骨だけが残る。

「でも、わたし……お店の商品なんですよね？」

咲楽は商品なのだ。嫌がっていたって、仕事はまっとうしなければならない。そういう認識でいた。

「そうだけど。でも、うちのお客って、神様なんてものじゃないでしょ？」

お客様は神様だ、という言葉を皮肉っているのだ。鴉は上手に塩鮭を啄みながら続ける。

「店側が拒んだなら、客は従うべきだ」

「そういうものでしょうか」

「店主の晤《ぼく》が言うんだから、そうなんだよ」

「だったら……そうかもしれませんね」

「晤は咲楽の気が進まない依頼はお勧めしないよ。嫌なら断って。晤が言えば、たいていの魔者はあきらめるから」

「それは……今回は結構です。でも、今後は念頭に置いておきます」

「うん、そうして」

雪姫を応援してみたい。

正直な気持ちだ。

しかし、彼女の望む先にあるものは、どう足掻いても覆せない。悲劇的な顚末《てんまつ》が待っているような気がした。

咲楽には誰も救えない。

雪姫も、現世の女性も。それどころか、雪姫が溶けてしまうのを手伝っているとも言える。

なにかほかに、いい方法はないだろうか。病の女性を救い、雪姫も死なせない方法が……ひと夏の間に、なにか見つからないか。模索する時間はある。

雪姫を応援したい一方で、こうも考えていた。

だから、とても複雑だ。単純ではない。咲楽には考えをまとめることなんて、できなかった。

2

翌日、約束どおりに雪姫は現れた。

現世から帰ってきて、そのまま薬屋へ足を運んだらしい。昨日、訪れたときと比べて、銀の瞳に煌めきがなくなっていた。髪や衣の裾が短くなっているのは、溶けているからだろう。

「鴉の娘さん、おねがいできるかしら？」

それでも、雪姫の笑顔はあいかわらず美しかった。白い頬がわずかに染まり、嬉しそうだとわかる。

「はい、こちらへどうぞ。お飲み物はどうされますか？」

そんな雪姫を、咲楽は奥の椅子へ案内する。

朱莉のお店でアルバイトをしているので、ホールスタッフの動きはなんとなくおぼえていた。と言っても、咲楽は笑顔が苦手なため、皿洗いを申し出ている。カジュアルとはいえ、フレンチのお店で咲楽はあまりホールへ出るべきではない。

「紅茶をおねがいできる？」

注文を聞いてから、咲楽はアイスティーを用意する。

雪姫が来ると思っていたので、水出しの紅茶を準備しておいたのだ。少し洒落たものを出してみたい。ピーチのシロップを先にグラスへ入れ、そのうえから冷やした紅茶を注ぐ。こうしておくと、アイスティーが二層のグラデーションになるのだ。

「ピーチティーです。混ぜあわせてお飲みください」

二層のアイスティーを、雪姫に出した。アルバイト先のソフトドリンクメニューを見様見真似で再現したが、お気に召すだろうか。

「ありがとう」

雪姫はアイスティーを受けとり、ちゃんと咲楽が言ったとおり、マドラーで混ぜあわせた。

「あら、美味しい。甘いのですね」

雪姫が評価してくれると、嬉しくなった。

「はじめましょうか……」

「ええ、おねがいしていいかしら？」

咲楽は雪姫の向かいに座る。

お店で魔者の穢れをとるのにも慣れてきた。

雪姫の手を、咲楽は両手で包むようににぎる。すると、すぐに穢れが集まってくるのを感じた。

冷たくて重い感覚が、雪姫の手を通じて咲楽のほうへと流れ込んでくるのだ。

魔者が怪我をしているときは、傷口に穢れが集まっている。だが、雪姫の場合は身体が溶けているので、全身に穢れが回った状態だ。こうやって、身体全体の穢れを一箇所に集めて流す方法を使う。

穢れが咲楽に移ると、倦怠感《けんたい》が増して身体がじょじょに重くなる。この程度ならまだ大丈夫。鴉にすぐ食べてもらえば、なんということはない。自分の許容容量も理解できるようになった。

「少しお話ししても、いい？」

雪姫が口を開く。

「黙っていると、気まずくないかしら？」

穢れはゆっくり取ったほうが咲楽の負担が少ないので、時間がかかる。彼女と話す余裕は充分にあった。

「大丈夫です。でも……わたしは、〝コミュ障〟らしいので、雪姫さんをあまり楽しませられないと思います」

加えて、治癒にも気をとられている。咲楽の口数は少なくなるだろう。コミュ障というのが、自分ではよくわからないが、鴉から言われたので、そうなのだろう。少なくとも、愛想はよくない。

「よくってよ。あたくしがしゃべるから。聞いていてくださる？」

雪姫は、それでもいいと合意してくれた。

「あたくし、今日もお見舞いに行ってきたわ。嗚呼、どうやってお見舞いしているか気になるかしら？　大丈夫よ。ちゃんと人間に化けているの。彼女には、人間じゃないってばれているのだけれど。そういえば、まだ彼女の名前を言っていませんでしたね。勝手に教えるのは、駄目かしら？　いいわね、どうせ死ぬのですから。ユキっていうのよ。あたくしと同じでしょう？」

雪姫は、そういう話を嬉々として語ってくれた。ユキについて話す雪姫は饒舌《じょうぜつ》で、本当に楽しそうだ。おしゃべりも好きなのかもしれない。この調子で、ユキとも話しているのだと、容易に想像できた。

ユキは山で出会ったときに、雪姫を人ではないものだと認識したらしい。人間に上手く擬態していても、魔者たちには独特の気配や所作がある。影がなかったり、風に髪が揺れなかったり、些細な点がほとんどだ。あるいは、人間とは違った考え方など。雪姫は身体が雪に沈まないらしい。

ユキがどんな気持ちで雪姫と接しているのかは、咲楽には想像しかできない。ただ、雪姫の見舞いを拒まないので、彼女を受け入れているのだろう。

魔者と人間が普通に対話している。

その光景を、咲楽も見てみたかった。

「ユキは強情なのですよ。とても負けず嫌い。本当は身体中が痛くて話せないくせに、あたくしにはそんな顔を見せないの」

「……雪姫さんを、心配させないためではないでしょうか？」

「違います。あれは意地よ。あたくしが、そういう顔を喜ぶ女だと見抜いているのです。彼女は、あたくしを喜ばせたくないの」

「でも、ユキさんは雪姫さんと、ご友人のように話されるのですよね？」

「そうよ。今日も一緒に病院のコンビニで買ったアイスを食べました。あれも、この紅茶みたいに甘かったわ。ああいうのが〝美味しい〟のだと、教えてもらいました。だから、この紅茶も美味しいとわかるの」

　雪姫の穢れが薄くなっていく。短くなっていた髪は腰まで伸びて、雪姫の顔色もよくなっていった。

「わたしなら……大切な人には、苦しんでいる姿を見せたくありません。そういうものではないでしょうか。ユキさんも同じ気持ちだと推測します」

　二人の会話を聞いたことはない。咲楽には、雪姫から伝え聞いたユキの情報しかなかった。

　だから、これはあくまで咲楽個人の意見だ。

ユキと同じ状況になったとき……咲楽なら、そうすると思った。できるだけ、自分の苦しんでいる姿を見られたくない。心配させたくないし……苦しんでいる自分の顔を相手の記憶に焼きつけたくないのだ。

その相手は、咲楽にとって——鴉の顔が浮かんだ。次いで、神楽。麻夕里や朱莉、常夜で知りあった魔者たち……なぜだか、両親の顔は最後だった。それでも、浮かんできたのが不思議だ。

あんなにひどいことをされたのに。もう咲楽は捨てられてしまったのに。自分の中では、存在が大きいのだと実感した。

「そうかしら？　あたくしが大切ですって？　あなた、面白いことを言うのね？」

「そう感じただけです。個人的な主観なので、ユキさんも同じかはわかりません」

「いいのよ。あたくしだって、あたくしの主観でしか語れないもの。人間の意見は参考になります。あたくし、べつに彼女を理解しているわけではありませんから。いいえ、理解してみたいのよ。だから、あなたの意見は参考になりますわ」

自分に理解できないものを恐れる者もいる。だが、興味を持ち、深く知ろうとする者もいるのだ。雪姫は後者だろう。

「そうね。でも、大切な人、ですか……あたくしが彼女を想うのも、〝大切〟なのかしら？　こういうのが、大切？」

「わたしは……そう感じました。あくまで、主観ですが」

雪姫の白い髪は床に届くほど伸びていた。力がすっかり回復している。代わりに、咲楽は肩にどっしりと重い疲れを感じた。このくらいなら、まだ平気だが、あとで鴉に穢れを食べてもらわなければならない。

「大切、ね。改めて考えると、そうなのかもしれません……あなたの言うとおり、あたくしも彼女に自分が溶けていく姿を見せたくないもの」

雪姫は、「だから、こんな依頼をしているのかもしれませんね」と、つけ加えた。

「今日は、ありがとう」

雪姫は立ちあがって、咲楽の頭をなでてくれた。ここには「穢れをとってくれて、ありがとう」と、「話を聞いてくれて、ありがとう」がある。

「また来ますね」

雪姫の身体はすっかりよくなっていた。

このまま咲楽が穢れをとり続ければ、彼女は溶けずに済むのではないか。そう思ってしまう。

雪姫が薬屋を出ていくとき……名残惜しく感じた。

もっと話していたい。

違う。

なんだか、雪姫の存在が遠くなる気がしたのだ。

3

「今日は、病院のお庭を散歩してきたのです」

その日も雪姫は笑っていた。

白い髪が溶けて、ショートカットの状態だ。着物の裾も、とても短くなっている。

それだけではなく、雪姫の身体はところどころ透きとおって、純度の高い氷のようだ。

なのに、触れるとやわらかい。

こうやって、雪姫が咲楽のもとへ通って三週間が経つ。八月も半ば。一番暑い時期であった。こんなときに晴れた庭を散歩するなんて、雪姫にとっては自殺行為だっただろう。

毎日、治療しても咲楽は平気だった。鴉が穢れを食べてくれるから。

しかし、雪姫は……日に日に、力が衰えていくのがわかる。毎日、毎日、癒やしているのに。咲楽の癒やしなど、無意味な気さえした。

「庭には、なにかあったのですか？」

咲楽は雪姫の正面に座り、手をにぎる。

今日もアイスティーを作っていた。花を入れた氷を使っている。食べられるものではないが、見目が華やぐと思ったのだ。

「なにもありませんでしたね」

「なかったんですか……」

「ええ。だから、花の咲いていない木をながめました。サクラというのかしら？　あなたの名前と同じですね。嗚呼、もちろん、車椅子はあたくしが押したのですよ」

咲楽と桜は、音が同じだ。

この時期の桜は、たしかに花が咲いていない、青々とした葉桜だった。これから、冬に向けて紅葉《こうよう》し、落葉する。

「どうせ、春までは生きられない。ユキは、そう言っていました。強情な彼女にしては珍しく弱音だったから、落ち込んでいたのかしら」

ユキの余命は幾ばくもないという話だった。もう夏が限度だろう。春、桜が咲くまで生きていられないと、自分でもわかっているのだ。

「病院から、自宅へ退院するそうよ」

退院する。単純に病気が治ったので、自宅へ帰るわけではない。これ以上、病院での治療が必要ないのだ――治療をやめ、自宅で死を待つということ。

もう痛みをコントロールするしか、できる治療がないのだ。治療ですらない。痛みがやわらぐように対処しているだけ。穏やかな最期を迎えるための準備である。

咲楽が雪姫にしているのと、同じだ。

「桜は無理でも、せめて、彼女が好きな雪を見させてあげられればいいのだけど……雪女なのに、雪を降らせることもできないって文句を言われたのよ。あたくしそんな便利な力があれば、自分のために使います」

雪姫は自嘲気味に笑った。

初めて咲楽と会ったときとは違う笑い方だ。雪の中で死ぬ人間が好きだと語った、ユキの死に様を見たいと語った、三週間前の雪姫ではない。

「あなたに〝大切〟なんて言葉、教えてもらわないほうがよかったかもしれませんね」

胸の奥が痛んだ。

「人間が死ぬのが〝寂しい〟なんて、今まで考えたことなかったもの」

荊《いばら》の棘《とげ》で刺されたように、ずきずきと鈍い痛みが咲楽の心に絡みつく。

「嗚呼、あなたは悪くありませんよ」

震える咲楽の唇に、雪姫が人差し指を押し当てる。

「依頼したのは、あたくしだもの。こうやって、延命措置をしてくれと頼んだのも。毎日、あたくしの話を聞いてほしいとおねがいしたのも。あなたは、あたくしの言うとおりにしてくださっただけ。だから、あなたのせいじゃないの」

雪姫の指は冷たい。氷のようだが、どこか優しさを感じた。

「依頼の内容、少し変えていいかしら？」

咲楽の唇から人差し指を外し、雪姫はうつむいた。だが、その視線の先になにを見ているのか気づき、咲楽は身を震わせる。

「期限を短くします。この延命措置、彼女が退院する前日までに、変更よろしくおねがいします」


今日も雪姫は帰っていった。

咲楽に依頼の変更を申し出て。

「だから、嫌なら断ればいいのに」

雪姫が帰ったあとに、鴉がぽつりと言う。

いつも、雪姫の処置はお店の奥で行っており、作業をしている鴉には見えていた。当然、咲楽たちの会話も全部知っている。

鴉は基本的に、咲楽の治療に口を出さない。キャパシティーを超える案件なら、最初から苦言を呈するが、それ以外に関してはなにも言わないのが常である。

「いいえ……嫌なんかじゃないです」

咲楽は衣を両手できゅっとにぎった。

「ただ、少しだけ……悔しくて」

「悔しい？」

悔しい。

これが、雪姫の依頼変更を承った咲楽が抱いた感情だった。負けず嫌いという性分でもないので、こういう気持ちになるのは自分でも珍しい。

雪姫のために、咲楽ができることはなにか、ずっと考えていた。

なにが最善なのか、なにか突破口はないか。

でも、なにも浮かばなかったのだ。

そのまま時間がすぎて、雪姫は日に日に衰えていった。穢れを除いても、除いても、彼女は少しずつ、少しずつ衰弱して、溶けた身体はだんだん戻らなくなりつつある。

咲楽の治癒など、焼け石に水だった。雪姫は夏の現世を生きられないのだ。常夜ですら、夏は彼女の天敵である。本来は、涼しい洞窟の中で眠るように過ごさねばならない。

「なにが悔しいの？　よかったじゃない？」

よかった。

鴉の言葉が咲楽の胸に落ちる。

その感情も、たしかにあるのだ。雪姫から依頼の変更を提案されたとき、咲楽はたしかに「そのほうがいいかもしれない」と思った。現状で打てる最善手である。たぶん、これがいいと感じた。同感だ。

同時に……もっと、なにかないか。ほかに方法はないのか……考えてしまうのだ。

「最初の依頼よりも、ずっといい結果になるんじゃない？　違うの？」

鴉は言いながら、咲楽の肩に手を置く。

「でも」

咲楽はうつむきながら、唇を噛む。

「もっといい結果が……あるかもしれません」

「あるとは限らないんじゃない？　少なくとも、唔は今のところの最善だと思ったけど」

鴉に言われると、「これが最善なのだ」と思えてしまう。

これ以上、考えたくなくなる。

「だから……悔しいんです」

雪姫の感情を応援したいなどと言ったのに。なのに、雪姫が選んだ道を素直に喜べない。彼女は自分の意思で選んだのに。

「やっぱり、やめる？　今なら、断れるよ。雪姫に今すぐ現世行きをやめさせれば、彼女だけは助かる。それだって、唔は〝最善〟の一つだと思うよ。残るものがゼロじゃなく、一になるんだから」

咲楽には依頼を断る権利がある。

「……いいえ」

鴉は度々示してくれるが、咲楽は首を横にふった。

「わたしには、責任がありますから」

依頼を受けた責任。

それだけではない。

雪姫は咲楽と話すようになって、意識が変わっていった。

「責任ねぇ……？」

「わたし、ちゃんと依頼は最後までやり遂げます」

雪姫はユキの死に際を見たいという好奇心ではなく、彼女を〝大切〟だと認識するようになったのだ。

その認識を与えたのは、きっと咲楽である。

咲楽が雪姫の感情に名前をつけ、そして、結論へと導かせた。

だけどそれは雪姫を、大切な人のために自死へと導く結論だ。

4

忙しい日の時間は、あっという間にすぎるものだ。

しかしながら、この日はそれなりに忙しい割に、時計の針はちっとも進んでいなかった。

咲楽はずっと、シンクにつかった食器類と、厨房の時計を交互にながめていたような気がする。

「今日はどしたん？」

朱莉に声をかけられて、咲楽はハッと我に返る。

アルバイトの途中なのに、身が入っていなかった。いくら皿洗いとはいえ、仕事は仕事だ。ぼんやりしていていいわけがない。手が空けば、いくらでもすべきことがあるのだ。

「ぼーっとして」

どうやら、咲楽の様子を見かねて声をかけたらしい。朱莉は咲楽の額に手を当てる。

「熱でもあるん？」

「いえ、それはないと思います……」

「ほうなん？　咲楽ちゃん、無理しそうだから」

無理をしそうに見えてしまっているのが、すでに申し訳なかった。

「今日、早退する？」

「いいえ、大丈夫です。ただでさえ、ホールに立てないのに、朱莉さんにご迷惑かけられません」

咲楽は朱莉の経営するレストランでアルバイトする身だ。それなのに、笑顔が上手く作れなくて、ホールスタッフは務まらない。皿洗いとして置いてもらえるだけでもありがたいのに、これ以上の迷惑はかけられなかった。

「いやいや、皿洗いでも充分、役に立っとるよ。うち、食洗機小さいからさ」

「そうでしょうか」

「なんか悩みがあるんなら、うちが聞くけど？」

朱莉は魔者について知っている。実家が漢方薬のお店で、祖父の代から鴉と繋がりがあったらしい。鴉が常夜から持ってくる薬を買い取っているのだ。と言っても、最近は薬ではなく、レストランで使うトリュフを買い取っているのだが。

朱莉には魔者が見えるわけではなく、人間に擬態した鴉とつきあいがあるだけだ。それでも、咲楽の事情を知る数少ない関係者と言えるだろう。

頭をなでられる。

「咲楽ちゃんは、いつも一生懸命やけんね。なんか理由があるんは、わかっとるよ。笑顔も上手になったし」

「上手、でしょうか……」

「上手よぉ？　そろそろ、ホール立てるやろ」

「そ、そんな……むずかしいのではないでしょうか」

「決めつけんのよ」

朱莉は軽く言いながら、咲楽のエプロンを外しはじめる。皿洗い用に用意された、ゴム製の汚れたエプロンだ。

代わりに、ホールスタッフ用のサロンを腰に巻いてくれる。咲楽は為されるがまま呆然としてしまう。

「これ、三番テーブルにお出しして。メニューわかるよね？」

え？　わたしが？

咲楽は目を丸くしながら、朱莉を見あげた。朱莉はニッと笑いながら、これから運ぶ予定の料理を示す。

「うちはカジュアルフレンチだからさ。むずかしい説明はええよ。〝鶏のレバーを使用した、当店自慢のパテです〟って、テーブルに置いてきて。お客様に、お出しする方向は、こうね」

朱莉は雑に説明して、咲楽の肩を押す。よくわからない事態に、咲楽は混乱してなにも説明が頭に入らない。

咲楽がホールへ？　笑顔もまともに作れないのに？

「大丈夫やけん」

けれども、朱莉の言葉は妙に力強くて。

咲楽は持たされたお皿を見おろした。鶏のレバーで作ったパテだ。あまりむずかしい説明は必要ないと言われたが……あれ？　これは本当に鶏のパテだっただろうか。豚のような気もしてきた。

朱莉は大丈夫と言っているが、なにも大丈夫ではない。いったい、どういうつもりで、咲楽に料理を運ばせているのだろう。

上手く笑えないのに。

だが、不思議と咲楽の足は前に進んでいた。朱莉の「大丈夫やけん」が頭に響いている。それ以外は、なにも考えられない。

逆に……頭がすっきりとしていた。

空っぽで、余計なものがなにもない。さっきまで、なにを悩んでいたのかも思い出せなかった。運んでいるメニューの名前もわからなくなっているのだが。

「し、失礼、します」

お客様のテーブルへ辿りつき、咲楽は声を絞り出す。上擦っている。立派なホールスタッフとは、お世辞にも言えないだろう。

そんな出来損ないスタッフの咲楽を、お客様は見あげてくる。なにか言わなくては……そうだ。メニューの説明だ。あと、お皿を置かないと。

「こちらは……」

朱莉の説明を思い出そうとするが、鶏なのか豚なのか不安になってしまう。

ただ、一言だけ浮かんできた。

「当店自慢のパテと申します！　よろしくおねがいします！」

自己紹介になっているではないか。勢いで言ったあとに、咲楽は後悔する。誤魔化そうとするが、なぜか深々とお辞儀をしてしまう。

どうしよう。

咲楽は謝罪しようと、お客様の顔を確認する。

あれ？

「まあ……美味しそう」

「可愛らしい。元気がええねぇ」

笑顔だった。

お客様は微笑みながら、咲楽を見ている。そして、楽しげに料理を取り分けはじめたのだ。お客様は、咲楽を見ても気分を害していなかった。咲楽は、上手く給仕をできたのだろうか。ひとまず、安心した。

咲楽は改めて、窓ガラスに映った自分の姿を確認する。

口角があがり、目尻がさがっていた。頬の筋肉が自然に持ちあがり……笑顔ができている。

他の人々となにも変わりがない。引きつった作り笑いなどではなかった。

いつから、咲楽はこんなに上手な笑顔ができるようになったのだろう。

朱莉の待つ厨房へ帰るときには、咲楽は放心状態だった。けれども、朱莉から声をかけられて、我に返る。

「どうだった？」

「頭、すっきりした？」

咲楽の頭は空っぽだった。悩んでいたことをすっかり忘れている。いや、すぐに思い出せるのだが……一度、意識から外れると、存外、どうでもよくなっていた。

決してどうでもいい問題ではないが……気持ちが楽だ。

「はい……」

咲楽はホールスタッフ用のサロンを見おろす。

初めて、お客様に笑顔を向けた。もしかすると、今までも、あんな風に笑えていたのだろうか。気がつかなかっただけで、咲楽は笑えていたのだろうか？

薬屋を訪れる魔者たちにも。

雪姫と話しているときも。

「朱莉さん」

咲楽は改めて、深々と頭をさげた。

「本当に、ありがとうございます！」

咲楽は、なにも変わっていないと思っていた。

魔者を癒やせるが、鴉のように、みんなから頼りにされる存在ではない。いつまでも、咲楽は余所者《よそもの》の〝お嬢さん〟だ。それは、このアルバイト先でも同様に感じていて……

ずっと、なんの役にも立っていないと思い込んでいた。

ただ上手に笑えていただけだ。みんな当たり前にできている。

それだけのことなのに、咲楽にとっては大きな進歩に思えた。

変わっていないと思っていたが、少しずつ変わっている。

咲楽は、前に進んでいた。


アルバイトをシフトどおりの時間までやり遂げて、咲楽は道を急ぐ。

すっかり夜だ。もう子供は寝る頃合いである。夏とはいえ、日は完全に落ちていた。

目的地は決まっている。

雪姫から、なにか大きな容れものを持って、そこへ行くように指示されたのだ。咲楽は青いバケツを用意して目的地を目指した。

今日は雪姫から申し入れられた、依頼の期限変更日だった。

明日、ユキは病院から自宅へ退院する。

「…………」

なにもできなかった。

咲楽は見守るしかない。

それでも、最後に依頼されたことだけはやり遂げたかった。

ユキが入院する病院を見あげ、咲楽は肩で息をした。夜は涼しいが、走ったせいでじんわりと汗がにじんでいる。

もう消灯の時間が来ているからか、病棟には電気がついていない。外から病院を見ると、とても不気味だった。そういえば、この裏は墓地だったか……。

咲楽は身震いするのをおさえながら、唇を引き結ぶ。走ってきたせいで、服の下が汗ばんでいる。風が吹くと、染み込むような寒さを感じた。

「…………」

誰かに見つかると面倒だ。細心の注意を払いながら、咲楽は雪姫に言われたとおりの場所に辿りついた。

ある病室の、窓の下。きちんと、病棟の位置も確認してから来たので間違いないはずだ。

二階にあるユキの病室が見えるところで、咲楽は息をひそめた。

やがて、待っていると、窓ガラスが開く。ユキの病室の窓だ。

窓から外をながめる女性が確認できた。二階なので、あまりよく見えないが、とても痩せていて、顔が白い。最初、生きている人間とは思えなかった。隣に点滴台もあり、女性が繋がれているのが想像できる。

あれが、ユキさん……。

咲楽は息を呑んだ。

時刻は二十三時。もうすぐ、雪姫が指定した時間だった。間に合ったのだと、咲楽はひとまずはほっとする。

絶対に遅れてはならないのだ。

「来てくださったのね」

ふり返ると、綺麗な女の人が立っていた。冷たい印象の顔立ちには見覚えがあるが、着ているのは、真っ白なダウンジャケットだ。ショートボブの黒髪を、毛糸のニットが覆っていた。

明らかに冬の装いで、暑そうに見えるが、おそらく、常夜で作った冷感の衣なのだろう。

「ありがとう」

女の人――雪姫はこのうえなく甘い笑みで、咲楽に告げる。

それを聞いて、思わず両目から涙がこぼれそうになった。顔が熱くなって、唇が震える。

「あの……雪姫さん――」

やめませんか？

言おうとして、咲楽は口を両手で押さえる。

雪姫の想いを踏みにじる言葉だからだ。

「ありがとう……じゃあ、あとはよろしくおねがいしますね」

雪姫は優しい仕草で、咲楽の頬に触れる。目からこぼれ落ちた涙を拭ってくれたのだ。

しかし、咲楽の頬は余計に濡れてしまう。頬を濡らすのが涙ばかりではないからだ。雪姫の指先が溶けて、咲楽の頬を濡らしている。

咲楽の涙を上手く拭えなくて、雪姫は残念そうに笑う。だが、こんなときにも彼女は笑うのだと、咲楽は声をあげてしまいそうになった。

雪姫は人差し指を唇に当て、「しーっ」とうながす。

そのまま、雪姫は軽やかに跳びあがった。まるで、翼でもあるかのように、風に吹かれる新雪のように、ふわりと舞いあがる。

雪姫の姿を追って、咲楽は視線を持ちあげた。

「ユキ」

雪姫の身体は二階の窓へと到達し、外から病室にいるユキへと話しかけていた。

「どうしたの？　こんな夜中に……」

雪姫とユキの会話が、わずかに聞こえる。咲楽は彼女たちの会話を聞き逃すまいと、集中した。

ユキは本当に、雪姫が人間ではないと知っていたようだ。宙に浮き、二階の窓の外から声をかけた雪姫に、あまり驚いていなかった。

二人の表情は、咲楽にはよく見えない。青いバケツを抱え、咲楽はじっと息を殺しながらそのときを待つ。

「あたくし、あなたに雪を見せたくて。それで今日は起きていてもらったのです。ごめんなさいね、無理をさせて。でも、約束を守ってくれて、嬉しい」

雪姫の声は、明るく朗らかだった。咲楽には、見えなくても彼女がどんな表情で会話しているのか、手に取るようにわかる。

「べつに」

「本当は起きあがるの、辛いのではありませんか？」

「そうかもね。けど、慣れてるから平気」

「そうね。ユキは強い人ですから」

「馬鹿にしてる？」

「評価しているのですわ」

「なにそれ……それより、雪ってなに？　この前、冬まで雪は無理だって言ったよね……？」

「この前は、この前です。今日は見せられるの」

「なんで？」

「……あたくしが、あなたに雪を見てほしいからよ」

普段、二人がどんな風に会話しているのか、なんとなく伝わってくる。

「あたくしね。あなたの死ぬところが見たかったの」

「それは……聞いたよ。よかったね、もうすぐ――」

「でも、やめることにしたのです」

雪姫が窓に顔を寄せた。病院では、窓が開きすぎないようにストッパーがかかっている。顔全部を、窓の向こうへ通すことはできなかった。代わりに、ぴったりと窓ガラスに額をつける。

今、雪姫はどんな表情をしているのだろう。

それを見たユキは、どんな顔をしているのだろう。

咲楽からは見えないし、想像もできない。

「友人に教えてもらったの。あたくし、あなたのことを〝大切〟に思っているのですって。自分では、よくわからないけれど……そういう言葉を与えてもらったのです」

「ねえ……？　なに、言ってるの？」

「だから、あたくし……あなたの死に際には興味がなくなってしまったの」

「さっきから――」

「今から、雪を見せますね。それから、本当の冬の雪も見てほしいのです。あとは、桜が咲くのも見てちょうだいね？　あなたなら、できますよね？」

「だから、できないんだってば……」

「明日、女の子が来ます。あたくしの友人よ。その子が持ってくるお薬を飲んでください」

「な……に……？」

雪姫の身体が透きとおりはじめる。夜空に浮かんだ月あかりを吸い込むように。

まるで、月の妖精……いや、彼女は雪女だ。

それは、雪女としての〝最期の〟姿だった。

「大好き。さようなら……あたくしの〝半身〟」

雪姫の身体が透けて見えなくなっていく。

ユキの声はなかった。雪姫に答える言葉は聞こえない。

代わりに、雪姫をつかもうと、窓から外に手を伸ばしている。けれども、その手はなにもつかめない。

「…………」

雪姫の姿が消えてから、しばらく。

視界を白いものが舞う。

「雪……」

空から雪が降ってきた。

雲もなく、月の見守る夜空から雪が舞っている。

咲楽は急いで立ちあがった。手に持ったバケツを構えて、空を見る。

――依頼の内容、少し変えていいかしら？

雪姫の依頼は変更された。

ユキの死に際を見るのではなく、生かすために、自分の身体を使いたい、と。

雪姫は咲楽が七色鱗の珊瑚を持っているのを知っていた。だから、それで神変奇特酒を作ってほしいと頼んだのだ。

神変奇特酒は魔者には毒だが、人間には活力を与える薬となる。珊瑚本来の能力とは真逆の性質に変化するのだ。

しかし、薬として使用するには、魔者の体液がたくさん必要である。魔者一人分の生き血くらいはほしかった。それだけの量を確保するのは現実的ではない。


——あたくしが溶けた水を使ってくださる？


雪姫は自分の命を使って、雪を降らせる。だから、その雪を集め、溶けた身体の水を使って、神変奇特酒を作ってほしい。

これが新しく変更された依頼だった。

「雪姫さん、すみません……」

咲楽は涙で揺れる視界で、必死にバケツを構える。

雪姫が降らせた真夏の雪——彼女の命を余さずおさめるために。

それなのに……駄目だ。雪が上手くバケツへ入らない。ちらちらと舞う雪をキャッチするのは非常に困難だった。

たくさん降って積もってしまえば、それを回収すればいい。けれども、こんな季節だ。雪姫の力も、残り少なくて、積もるとは思えない。

「しょうがないな」

呆れた声と同時に、ふわりと風が薙ぐ。

鴉だった。黒い翼を出して、風を起こしてくれている。その風によって、ちらちらと舞っていた雪が咲楽の持ったバケツに集まってきた。まるで、引き寄せられているようだ。

「最初から唔を頼ってほしかったんだけど」

鴉の助けで、雪姫の雪はどんどんバケツに集まっていった。大きいものを持ってきていたのに、容量が足りなかったかもしれない。と、困っていると、鴉が竹の筒を差し出してくる。水筒のようだ。

「これ、たくさん入るからね。もう薬には充分な量だけど、どうせだから、余分に集めておこう」

鴉の言うとおり、竹の水筒には想像以上の雪が入る。まったく重くもならない。水筒は入り口で、別の空間へと繋がっているようだ。常夜には、こういう不思議なものがたくさんあった。

しばらくすると、舞う雪が絶える。青白い月の見守る空は静まり返っており、近くの公道を走る車の音ばかりが聞こえた。

「鴉さん、ありがとうございます……」

ようやく、咲楽はまともに言葉を発した。もっと早く言っておけばよかったかもしれないが、不思議議とこの瞬間まで、声が出なかったのだ。

鴉はそんな咲楽を見おろす。誰かに見つかってはいけないので、人間の姿に擬態していた。だから、今の表情がはっきりとわかる。

鴉さんでも……こんな顔をするんですね。

「まだお礼は早いんじゃないかな。それを薬に変えて、あの人間に持っていくんだろう？　急がないと、夜が明けてしまうよ」

鴉に言われ、咲楽はうなずく。

これから、この雪が溶けた水で神変奇特酒を作るのだ。明日の朝には病院を発つユキへ渡さなければならない。鴉のおかげで、思った以上の雪が集まった。これなら、ユキに渡しても余りができる。

でも……咲楽はバケツの雪を見おろす。

薬を作ったところで、神変奇特酒ではユキの病は完治しない。これは人間に活力を与える薬なのだ。余命が幾ばくか延びるだけ。

万能の薬ではない。

人間の万能薬は、現世にも、常夜にも存在しないのだ。

魔者には、万能の薬があるのに――。

それでも、雪姫はこうしてほしいと言った。

ユキの死に様ではなく……彼女が少しでも長く生きる姿を想像しながら。

自分は見ることができないのに。

「はい……急ぎましょう」

バケツの持ち手をにぎりなおし、咲楽は前に進む。

今回の報酬は、ユキに渡した残りの神変奇特酒をもらえることになっていた。鴉が大変興味を持っていたのでちょうどいい。むしろ、鴉はそのために咲楽を手伝ってくれたのだと思う。

ふり返ると、病室の窓が見えた。

ユキの姿はない。もう寝てしまったのだろうか。
明日、ユキに会おう。
薬を渡して……少し、雪姫の話がしたい。

第四章　黒蝶舞う酒宴

1

常夜の夏も終わるころ。

咲楽は薬屋の奥にある丸椅子をぼんやりとながめていた。最近まで、そこに毎日座っていたお客のことを考えてしまう。

本当なら、雪姫はまだそこにいたかもしれない――。

「…………」

首を横にふって切り替える。

余計な考えごとはよくない。今は、鴉から店番を頼まれているのだ。

『…………』

咲楽を心配してか、鼠の翁がこちらを見あげて首を傾げている。言葉での表現が得意ではないので、こうやって視線や仕草で意思表示してくれていた。

赤い目は、平時だと愛嬌がある。獣の獰猛さなど、今は微塵《みじん》も感じなかった。むしろ、ふわふわの体毛が気持ちよく、可愛らしい。

「心配かけてすみません。大丈夫ですよ」

咲楽は鼠の翁を指先で、ちょんとなでる。

あのあと、神変奇特酒を作って、薬としてユキにしっかりと渡している。

ユキは……寂しそうな顔で薬を受けとった。

これで少し長生きできる。また雪や桜を見られる。それなのに、あまり嬉しそうには感じられなかった。

しかし、同時に雪姫が彼女に魅入られた理由もわかる。

——じゃあ、これからリハビリがんばらないと。また、雪を滑りたい。

薬を使っても、病は治らない。彼女は骨に腫瘍ができる疾患だ。活力をとりもどしても、骨の痛みに耐えなければならない。痛くないのか問うと、「いっそ死んだほうがマシ」と、ユキ自身も答えていた。

それでも、ユキはリハビリすると言ったのだ。

なにがなんでも、生きてやろうという気迫が見えた。

だから、雪姫はこの道を選んだのだと思える。これがユキらしい生き方なのかもしれない。雪姫の望みどおりになった――そう考えることができた。

あの二人はあれで……よかったのだと思う。

ゆえに、これは咲楽の勝手な感傷だ。ひたる必要のない感傷である。気持ちを切り替えなければならないのは、咲楽だけだった。

「ごめんくださぁい」

薬屋の扉を、誰かが叩く。

ギィギィと音を立てて、古い扉が開いた。そこからのぞいた顔に、咲楽は両目を瞬かせる。

「あれれ？　キミ一人？　鴉クンは？」

来店したのは酒呑童子だった。

無邪気な顔は、人間の子供と同種に見える。額から生えた角さえなければ、美しい見目の少年だ。

「鴉さんは、今出かけています。わたしで大丈夫でしたら、お聞きします。込み入ったご用件なら、鴉さんを待っていただきます」

咲楽は店番の決まり文句を述べた。だいたいのお客には、こうやって伝えている。

「そっかぁ……鴉クン、いないのかぁ？」

酒呑童子は頭のうしろに両手を当てながら店の中を進む。

麗しくもあるが、弱々しくも見える……けれども、底知れない魔性も感じるのだ。咲楽は無意識のうちに、一歩引いて距離をとってしまう。

「むしろ、好都合かな」

ニカッと、酒呑童子が歯を見せて笑う。

『……危険……危険……』

鼠の翁が、前歯を剝き出しにして、酒呑童子を威嚇している。いや、咲楽を守ろうとしているのだろうか。毛を逆立たせながら、身体を大きくしていく。

「鼠の翁さん、酒呑童子さんはお客様ですよ。やめてください」

咲楽は鼠の翁に、言い聞かせる。

『チガウ……』

「お客様なんです」

自分の背丈ほど大きくなった鼠の翁を、咲楽はなだめる。こうやって背中をなでてあげると、やや落ち着くのだ。鼠の翁は納得がいかない様子だったが、とりあえず、酒呑童子に飛びかかるのはやめてくれた。

「うんうん、賢明賢明。おまえは、ボクには勝てないよ？」

酒呑童子は愉快そうに両手を叩いた。小馬鹿にされた気がして、咲楽でもムッとする。

思えば、彼は最初からそうだった。自分が強者という自覚を持って、相手を煽る。

酒呑童子。鬼の首魁。かつては大江山に住み、京の都に災いをもたらした鬼たちの頭領だ。まともな退魔師なら、一人で相手にしようとは思わない。特別に警戒すべき魔者だった。

「飴でしたら、ご用意できますよ。お待ちください」

「嗚呼、そうそう。それそれ。ボク、禁酒中でさ。飴を鴉クンからもらいに来たんだよね。キミが用意してくれるんなら、それでいいよ」

今のところ、酒呑童子の態度は至極真っ当だった。普通にお客として訪れたのだ。そうであれば、咲楽はそのように対応すべきだろう。

「べつに現世まで買いに行ったってかまわないんだけどさぁ。ココでもらうほうが、なんだか、〝それっぽい〟でしょ？　お薬らしさがある」

「偽薬《プラセボ効果》というわけですね」

「そうそう、それそれ！　なぁんだ、キミは見た目よりも頭がいいんだね！」

「どうも、ありがとうございます」

「んー。今の冗句《じょうく》っていうか、ちょっと馬鹿にしたつもりなんだけど……キミ、やっぱり馬鹿なの？」

「そ、そうだったんですか。すみません……」

どうも、会話にのりきれない。

咲楽は酒呑童子のために用意されていた棒付きキャンディーの袋を取り出す。禁酒をはじめたと言われてすぐに、鴉が現世で飴を仕入れるようになった。以降、酒呑童子はときどき店を訪れては、棒付きキャンディーを求める。

「ねえねえ、すごいでしょ？　そろそろ半年くらい経つんじゃないかなぁ？　ボクにしては、なかなか長めの禁酒だと思うんだよねぇ」

酒呑童子は得意げに笑いながら、飴の袋を受けとる。

「そうなのですか……それは、すごいのではないでしょうか」

咲楽にはどのくらいすごいのかわからないので、酒呑童子の自己評価に準じることにした。酒呑童子は機嫌がよさそうに、袋から棒付きキャンディーを一つ取り出す。

「うん……よく我慢できているよね、ボク」

酒呑童子は包装を剝がして、棒付きキャンディーを口に入れた。剝がした包装は無造作に床に投げ捨てられてしまった。

『塵《ごみ》……捨てるな……』

鼠の翁が回収してくれるけれども、毛を逆立てて、怒っていた。床にゴミを捨てられて、腹が立っているのだと思う。近ごろ、薬屋の細かい掃除担当は鼠の翁がになっていた。あとで、好物のチーズを一緒に食べよう。

そういえば、と。

咲楽は、ふと思い出した。

「酒呑童子さん。聞きそびれていたのですが……神楽がお嫁さんとは、結局、どういう意味だったのですか？」

いつも、なんとなく聞きにくかった。というより、鴉が不用意に咲楽と酒呑童子を関わらせないようにしていたのだ。鴉自身はそう言わなかったけれど、咲楽は空気で察していた。

酒呑童子は、鴉にとっても危険な魔者なのだろう。

「えー？　そのままの意味だけど？」

酒呑童子は棒付きキャンディーを舐めながら首を傾げる。

おかしい。神楽は結婚していないと言っていた。魔者と密な親交があるようにも見えない。嘘もついていなそうだった。

それなのに、酒呑童子は神楽を「嫁」と言い張っている。

「ちゃんと、ボクはキミのお姉さんと〝おつきあい〟しているよ？」

「それは……結婚ではなく、交際という意味ですか」

「そうだね。言われてみれば、嫁は適切じゃないのかもね？　人間《キミら》は、役所ってのに紙切れを出しに行かなきゃ、婚姻を結んだことにならないんだったっけ。それなら、交際なのかもね？　ねえ、どう？　こういうしゃべり方って、鴉クンみたいでしょ？　理屈っぽくて、大人ぶっててボク嫌いなんだよね。あいつ」

言われてみれば、神楽には「結婚しているか」確認しただけである。交際相手がいるかは聞いていなかった。

けれども、やはり、魔者と交際しているのを、神楽が咲楽に隠す理由がわからないのだ。

「この前、喫茶店でお茶したよ？　公園で遊んだこともある。今度の日曜は、一緒に買い物だってするよ？」

「本当ですか？」

「本当だよ。おつきあいしてるよ？」

酒呑童子はニッと口角をつりあげる。

寒気がするほど妖艶《ようえん》で、そして、底なし沼のような計り知れなさがあった。このまま見つめあっていると、呑み込まれて、帰ってこられなくなりそうだ。

「やあ、酒呑童子」

押し潰されそうな空気を中和したのは、優しげな口調だった。

鴉が帰宅して、いつの間にか、咲楽の隣に立っていた。おそらく、咲楽の影から這い出たのだろう。背中には、常夜の薬草を摘んだ竹籠を背負っている。

「どうしたの。唔《ぼく》の留守中に、うちの商品になにか用？」

鴉は自然な動作で咲楽の肩に手を置く。その瞬間、魔法が解けたかのように、身体が動いた。咲楽は初めて、全身に汗をかいていると気づく。一歩、二歩と、鴉にうながされるまま店の奥へとさがった。

酒呑童子は面白くなさそうに、鴉をにらみあげる。が、すぐに無邪気さを装った笑みを作った。咲楽にも、あれが作り笑いであるのは容易にわかる。

「おかえりなさい。ちょっとつきあってもらっていただけさ。そんなに怖い顔しないでよ」

酒呑童子は肩をすくめて、両手をあげた。

「羽根を毟りたくなるでしょぉ？」

言うが早いか、酒呑童子はひょいとうしろへ飛び退く。蝶が舞うように軽やかで、重量という概念がないと錯覚しそうだ。

「嘘、嘘。だから、そんな怖い顔をしないでよ。ありがと、飴もらって帰るね」

笑顔はにこにことして、絵に描いたような子供の顔だ。鬼の角さえ生えていなければ、人間となんら変わりない。

だのに、こんなに恐ろしい。身震いして、咲楽はぴくりとも動けなかった。最初は威嚇していた鼠の翁も、小さくなって咲楽の陰に隠れている。

酒呑童子は棒付きキャンディーの入った袋を持って、そのまま店を去っていく。

ギィギィと音を立てる扉が閉まるまで、咲楽は上手く息ができなかった。

2

今日は満月が出ていた。

常夜の月や星は気まぐれで、出たり出なかったりする。周期もよくわからなくて、三日月の次が満月の日もあった。

山の上には、月あかりに照らされた灰荒城《はいこうじょう》が見える。かつては魔者たちから恐れられていたが、今は主を失った静寂の象徴として、そこに鎮座していた。

満月と夜泳虫、そして、揺れる提灯の明かりが行く先を照らす。これから、レストランのアルバイトに現世へ向かう。咲楽は、門の行き先をどこにでも指定できる案内人に、いつも送り迎えを頼んでいた。

「案内人さん……酒呑童子さんは、どのような方なのですか？」

咲楽は案内人を見あげた。

「なんだい、嬢ちゃん。酒呑童子だって？」

案内人は提灯を持っていない左手で橙色の頭をかいた。困惑というよりも、言葉に詰まっている。

「いえ……わたしには、あの方がどのような魔者なのか、わからなくて……」

「どのような、つっても……俺っちは、あんま関わりたくねぇけどな。おっかねぇもん。

「それは……たぶん」

鴉もそうなんじゃねぇか？」

口では言わないが、雰囲気でわかる。鴉も酒呑童子に好意的な感情を抱いていない。敵意とまではいかないが、警戒していた。

「たとえば、なのですが。酒呑童子さんは、人間に恋をするような魔者なのでしょうか？」

「はあ……？」

咲楽の問いに、案内人の顔が固まった。

硬直している。

「なんつった？」

しばらくして、案内人は咲楽に確認した。

「ですから、酒呑童子さんは人間をお好きになるような魔者なのでしょうか？」

「……いや、それは……たしかに、どんな魔者だってその可能性は否定できないよ。俺っちだって、嬢ちゃんが好きだ。だから、一概に断言はできねぇが……うーん」

案内人の言葉は歯切れが悪い。

「ないわね」

そう言い切ったのは、案内人ではなかった。

真上から、発言者が降ってくる。咲楽の目の前に糸を垂らして、びよよーんと左右に揺れた。

女郎蜘蛛だ。

彼女は常夜のあらゆる場所に糸を張り巡らせ、眷属から情報を集めている。いわば、常夜の情報屋だ。

そんな魔者が、咲楽にはっきりと「ないわね」と断言している。下半身は毒々しい蜘蛛だが、上半身は人間の女だ。今は掌にのりそうな小ささだが、表情はしっかりとわかる。両手を組み、唇をへの字に曲げていた。

大きくなることもできるはずだが、女郎蜘蛛はそのまま咲楽の肩にのる。

「酒呑童子でしょ？　ないわね！」

もう一度、女郎蜘蛛は断言した。さっきよりも、ずっと強い口調である。

「あいつ、〝退魔師殺し〟が性癖なのよ」

「せ、せい、へき？」

「女の趣味ってこと。そういうのが好きなの」

退魔師殺し。

そう聞いて、咲楽は背筋がぞくりと凍った。

「酒呑童子はお酒より好きなものはないの。あいつが禁酒するのは、ほかに美味しいご馳走を見つけたとき……気に入った退魔師を殺す前は、必ず禁酒するって、うちの子たちが言っているわ」

女郎蜘蛛の話を聞いていると、恐ろしくなってくる。咲楽は顔が青ざめ、頭がクラクラとしてきた。

「それって……」

「何度でも断言するわよ。酒呑童子には近づいては駄目。あなただって、一応は退魔師の関係者なんだから……恩人だから忠告してるのよ。普通の人間には、言ってやらないんだから！　駄目ったら、駄目！」

女郎蜘蛛は咲楽の肩で甲高い声をあげた。けれども、咲楽はその忠告の半分も頭に入らない。

「大変です。神楽を……助けないと」

酒呑童子が狙っているのは、神楽だ。

だから、神楽を「嫁」などと呼ぶのだろう。

退魔師には現世で魔者と人間を見分ける術がある。けれども、魔者にだって退魔師に見つからないための防衛手段があるのだ。

さすがに、会話などをすると誤魔化せないのではないかとは思うが……酒呑童子は強く、古くから生きる魔者である。平安の世、源頼光らによって退治されたと伝えられるが、常夜で生きていた。侮《あなど》れない。

「女郎蜘蛛さん、教えてくれてありがとうございます」

「ちょっと、なに決意しちゃってるのよ！　あたいは、あなたに危ないから関わるなって言ってるの！」

「気をつけますね」

「だから、どうしてあなたは、いつもそうなの!?」

今日、アルバイト先へ行ったら、朱莉にスマートフォンを借りよう。それで、神楽と連絡を取るのだ。自分のスマートフォンがないのが歯痒い。

＊　＊　＊

今日は魔者の姿を見なかった。

神楽は疲れた息をつきながら、自室へ戻っていく。広い平屋は典型的な日本家屋と呼べるだろう。ガラス戸のついた廊下と、そこから見える庭。ごていねいに、古い蔵まで存在する。

阿須澄家は古くからの退魔師の家だ。退魔師の家系はいくつかあり、ここは分家という扱いだが、それでも由緒はある。

咲楽のようなおちこぼれが生活しにくい環境だ。退魔の才がない者なら、他にも大勢いるが……魔者を癒やす能力など、異端すぎて迫害の的だ。

「姉さん、おかえりなさい」

廊下の向こうから迎えてくれたのは、双子の妹――ではない。春に養子として迎えた梨香であった。

退魔師の才能があり、教育している最中だ。まだ座学しかさせていないが、ポテンシャルは高く、いい退魔師になると神楽は思っていた。

「ただいま、梨香」

「おつかれさまです」

梨香は生意気なところもあるが、養子になってからは、とても神楽に懐いている。というより、味方が神楽しかいないと肌で感じたのだろう。みんな、咲楽の代わりに来た梨香を歓迎しているが、やはり養子。馴染むのに時間がかかる。

それに、退魔師の家ということもあり、梨香と周囲は考え方が乖離《かいり》していた。彼女は魔者である旧鼠に救われ、友人だと思っている。が、退魔師は違う。決して、旧鼠や魔者についての本音を述べてはならぬと、神楽はきつく言い聞かせてある。梨香は賢く、大人たちの態度に敏感だった。彼女は神楽の言いつけを守っている。

梨香はきっと、これからの退魔師に必要な存在だ。

今まで、神楽も含めて、魔者は残らずすべて祓うべきという思想が退魔師には根づいていた。だが、それではいけない。退魔師の希少性は近年、ますます高まっている。退魔師となれても、魔者との戦いには危険がつきまとう。

魔者と争わなくて済むのなら、その道があったほうがいいのだ。

神楽は咲楽ほど優しくない。魔者を救いたいなどとは思っていなかったが、無為に争って被害を大きくするくらいなら、最小限にしたい。そういう考えをしている。

神楽の存在は小さい。

大きな理想があっても、実現などほど遠いのだ。

梨香は自分と同じ場所を目指せる人間だと思っている。

「疲れていない。今日はなにも祓わなかったからな」

「そんな日もあるの？」

「ある。むしろ、なにもない日のほうが多い。いつも、魔者が闊歩《かっぽ》しているわけではないからな。退魔師と言っても、一年の半分は休日だ……休みたくとも休めない日も多いけど」

「ブラックじゃん」

「ブラック……？」

「ブラック企業のことだってば。姉さん、知らないの？」

「テレビは……見ないからな」

なにごともないほうが望ましい。

以前の神楽なら、きっと、梨香に対してこんなに説明しなかった。最低限の言葉だけを選んでいたと思う。しかし、それでは伝わらないのだと、咲楽を通じて学んだのだ。

愛想は悪いだろうが、これでもそうとうに努力している。

「ん……」

スマートフォンの通知が入る。

魔者の出現情報だろうか。神楽はすぐさま確認した。

メッセージの送り主は、伊藤《いとう》朱莉。咲楽がアルバイトをするレストランのオーナーだった。気さくで明るい女性である。ときどき、神楽と連絡を取るために、咲楽にスマートフォンを貸してくれていた。ゆえに、送信者は朱莉ではなく咲楽だろう。

神楽はスマートフォンをタップする。

「は……？」

神楽は開いたメッセージの意図がわからず、眉を寄せる。

「姉さん、どうしたの？」

「いや。咲楽の言っていることが……私にはときどき理解できない」

「どっちも変な人だからね……」

「それは……否定しておきたいんだが……これは、どういう意味だと思う？」

以前は、唐突に「結婚しているか」と聞かれた。

今度は……。

「今度、交際相手と出かける予定はありますか？　差し支えなければ、日時を教えてください」

神楽の代わりに、梨香が読みあげてくれる。すると、梨香はニヤニヤとしながら神楽を見あげた。

「姉さん、デートするの？」

「な……馬鹿な。デート？　なんだそれは！」

「だって、交際相手って」

「だから、なんの話だ！」

意味がわからない。

交際相手とは、あれだ。不純異性交遊の相手を示しているのだろう。神楽はそんなものに走ったおぼえはない。退魔師として一人前に仕事をこなせるとは言っても、まだ未成年だ。節度はわきまえねばなるまい。

「咲楽は、いったいなんの勘違いを……」

神楽は頭を抱えながらメッセージに返信する。そんな相手はいない、と。

「本当に身におぼえないの？」

「ない！」

梨香の追撃が鬱陶しい。人づきあいが得意ではないので、つい無下に返事をしそうになってしまった。

「誰かと一緒にいるのを、咲楽姉さんが見たとか？」

「なるほど……そういうことか」

たしかに。神楽が誰かと一緒に歩いているのを勘違いした可能性は否定できなかった。

神楽はやや考えてから、メッセージをもう一言送信する。


そんな相手はいない。

が、明日の十一時、出かける予定はある。場所は〇〇〇××× だから、私を見かけても、妙な勘違いはしないでほしい。

これで、咲楽の誤解も解けるだろう。

神楽はため息をつきながら、スマートフォンをしまった。

3

時計の針は十一時を示している。

場所は、郊外の大型ショッピングモールだ。今日、神楽はここに誰かと一緒に来るらしい。

しかしながら、どこで待ち合わせているのか聞いていなかった。と、咲楽は広いショッピングモールを当てもなく歩き回りながら思う。

「だから、本当にやめといたほうがいいわよ。あなた、いつも危ないことに首を突っ込むわね！」

肩から女郎蜘蛛の声がする。現世なので、普通の蜘蛛の姿だ。声は咲楽にだけ聞こえている。実は、ショルダーバッグの中に、鼠の翁もひそんでいた。みんな心配性だ。

「危険なのについてきてくださって、ありがとうございます。女郎蜘蛛さん、鼠の翁さん」

「だから、引き返せって言ってるのよ!? 酒呑童子なのよ!?」

『帰ろう……帰ろう……』

「でも、酒呑童子さんは神楽と交際していると主張していますが、神楽の交際相手が本当に酒呑童子さんかわかりませんので……」

神楽のメッセージでは、交際相手はいないとのことだった。しかし、誰かと出かける用事があるのなら……相手は酒呑童子かもしれない。もちろん、そうでない可能性だってあった。

神楽に直接、酒呑童子について聞くのは憚《はばか》られる。神楽が魔者と恋に落ちるとは、どうしても考えにくかった。

咲楽は魔者が好きである。隣人として好ましい存在だ。だが、神楽はそうではないと思う——少なくとも、咲楽は神楽をそういう少女だと認識していた。

なんとなく、神楽の口から肯定の言葉を聞くのが怖い。

どうしてだかわからないが……どうしてだろう。咲楽は自分でも、わざわざ回りくどい言い回しをしている自覚があった。

人間と魔者が手をとりあうなら、むしろ、神楽と魔者が仲よくするのは喜ばしいことなのに。

「あ……」

闇雲に歩いていた視線の先に、目当ての姿を見つけて、咲楽はとっさに身を隠そうとする。

神楽だ。誰かを待っている。

けれども、咲楽が身を隠せそうな場所はないため、手近な店へ飛び込んだ。なにも買うつもりがないのにお店へ入るのは忍びないが。

「なにあれ。あれがデートの服装なわけ？」

肩で女郎蜘蛛が訝しげな声を発する。神楽の服装について疑問があるようだ。咲楽は店を見るふりをしつつ、神楽の様子をうかがった。

「なに、とは？」

「疑問に思わないわけ!?　ジャージじゃないの！」

神楽の服装は上下色のそろったジャージであった。腰には、いつも退魔に使用しているポーチが巻いてある。

「とても動きやすそうではありませんか」

神楽の服装は、非常に実用的だ。なにが起こっても対処できる。加えて、あの立ち方。

すぐに呪符を取り出せるだろう。隙がない。いつもの神楽らしいと思える立ち姿ではないか。

「人間のデートって……もっと、可愛い格好をするんじゃないの？　なにあれ。今から魔者狩りへでも行くのかしら。待ち合わせ相手、退魔師なんじゃないの？　やだ。もしかすると、あたいも狩られちゃう？」

「とても神楽らしい装いだと思います。気合いが入っています」

「気合いの方向性が違うって、あたい言いたいんだけど！　あれ、デートじゃないわよ！　逆に酒呑童子を狩る気じゃないの!?」

「そうでしょうか……しかし、そうだとすると、やはり心配です。酒呑童子さんに神楽が一人で対峙するのは危険です」

「ま、まあ、そうなんだけど……どっちにしろ、帰るって選択にはならないわけね!?」

「なりません」

しばらくすると、不動のまま遠くを見ていた神楽が視線を動かす。

知らない男の子がいた。

小学生くらいで、梨香と年齢が近そうだ。黒いTシャツに短パンという姿が、実に子供らしい。顔は見えないが、神楽のほうへ駆けていく。

酒呑童子だろうか……？

いや、人間だ。

魔者の気配が一切しない。咲楽は退魔師としてはおちこぼれだが、魔者であるかどうかは、きちんと判別できる。

普通の子供？

「お客様、こちらの商品などいかがでしょうか？」

咲楽が神楽に気をとられていると、駆け込んだ店の店員に声をかけられた。動きやすそうなジャージを勧められてしまう。奇しくも、神楽が着ているものと、色が似ていた。

「ええ……あの、その……」

神楽と男の子がなにかを話している。やはり、神楽の待ち人は、あの男の子のようだ。急がないと、どこかへ歩いていくかもしれない。

「えっと……じゃあ、それをください」

咲楽はとっさに言って、財布を取り出す。お金なら、アルバイトをがんばっているから心配ない……大学の費用だが、ジャージなら後々無駄にならないだろう。

「ちょっと、なに買ってんのよ」

「いえ、なにも買わずにお店を出るのは失礼ですので」

「律儀すぎるわ……」

咲楽の返答に、女郎蜘蛛は呆れたため息をついている。幸い、まだ神楽と男の子は話している最中だ。見失わないだろう。

手早くお会計を済ませ、咲楽はショップバッグをさげて店の外へ出た。ちょうど、神楽と男の子が歩きはじめる頃合いだ。

咲楽は不自然にならないよう気をつけ、神楽たちを尾行した。

「見つからないようにしなさいよ」

「わかっています。いざとなったら、紙袋で自然に顔を隠せるので大丈夫です」

「それ、不自然じゃない？」

そうだろうか。物理的に顔を遮蔽できるので、とても有効だと思うのだが。

「しかし……神楽が会っているのは、酒吞童子さんではなさそうですね……？」

咲楽は安心しつつ、神楽と男の子のうしろ姿を見た。

男の子は無邪気に振る舞い、神楽に手を繋ぐよう要求している。それに、神楽は戸惑いながら対応していた。詳しい会話は、もっと近づかないとわからない。

「なに言って——そうね。あれは酒吞童子じゃなさそうだし、早く帰りましょ」

女郎蜘蛛が少し間を置いて、咲楽に答えてくれる。

たしかに、酒呑童子ではないなら、このまま尾行する意味はない。神楽は交際相手ではないと答えていたし、相手も人間の小さな男の子だ。咲楽がこれ以上、介入する理由はなかった。

なのに、すぐ帰ろうとは思えない。

「なんだか……神楽が、わたしの知らない顔をしているのが不思議で。楽しそうです」

ぽつりと出た言葉は、自分でも意外だった。

今、神楽が見せている表情は、咲楽の知らないものだ。

「そう？　いつもの無口で、いけ好かない顔に見えるけど？」

「いいえ。あれは楽しそうです。見てください。瞬きが少し多いんです。口角もさがらず、平坦です。いつもは、もう少しだけ口角がさがっているのです」

「こ、細かいわね……表情がちょっとだけやわらかいってこと？」

「神楽はあれでもすごく楽しいんだと思います」

「へ、へえ……？」

楽しそうに過ごしている神楽から、咲楽は目が離せなくなっていた。阿須澄の家では、決して見せない顔。

穏やかな表情だ。

「…………」

女郎蜘蛛は黙り込んで、なにかを考えているようだった。

咲楽は二人の会話が聞きたくて、もう少し近づこうと試みる。

「ねえ！　見て！」

しかし、ふとした拍子に、男の子がふり返ったのだ。それにつられて、神楽も足を止める。

このままだと、咲楽が尾行しているのがわかってしまう。ショップバッグで顔を隠すか。それとも、また違う店に入るか——けれども、咲楽は動けなかった。

あれは——。

「見つけたよ。探したんだからね」

咲楽が神楽に顔を見られそうになった瞬間、誰かが目の前に現れた。今まで、存在に気がつかなかった人物だ。咲楽と神楽の間に、壁のように割って入る。

「あ……」

見あげると、愛想よく笑う青年の顔があった。マネキンみたいに綺麗な顔なので、忘れようがない。

人間に擬態した鴉だった。

おそらく、こっそりと咲楽のあとをつけてきていたのだ。

「こっちへおいで」

鴉は神楽から咲楽を隠すように、移動をうながす。ちょうど大きな柱の陰だ。

「なんで、唔に黙って来ちゃったのさ」

鴉は露骨にため息をつき、呆れているという感情を示した。

「鴉さん、どうして……」

「汝《きみ》は危ないときに呼ばないからね。前科がある。信用なんてしていないよ」

真っ向から信用していないと言われてしまい、咲楽はばつが悪くなる。実際、今回は止められると思って、あえて、鴉には言っていなかった。

とにかく、鴉のおかげで神楽たちに見つからずに済んだ。

いや……見つかっていないのは、神楽だけだろう。

「鴉さん……あの方って……酒呑童子さんに、顔が似ています」

咲楽はふり返った男の子の顔を思い出した。

「酒呑童子だよ」

鴉は明け透けに肯定した。

神楽と一緒にいる男の子は、酒呑童子に顔が似ている。他人のそら似とは思えず、咲楽は動転してしまったのだ。

でも、魔者の気配は感じなかった。

「酒呑童子の能力だよ。あいつは、人間を酔わせるんだ」

「酔わせる……？」

「力を使って判断力を鈍らせる。そうやって退魔師に近づいても、自分を魔者だと認識させないんだ」

だから、咲楽は酒呑童子に気づけなかった。

おそらく、神楽も。

「女郎蜘蛛、礼を言うよ。さあ、咲楽。帰るよ」

鴉は言って、咲楽の肩に手をのせる。

「ふん」

女郎蜘蛛も酒呑童子の能力を知っていた。そのうえで、咲楽に黙っていたのだと気づく。

あの男の子が酒呑童子であれば、神楽は間違いなく危険にさらされている。けれども、咲楽が危険に飛び込む必要はないのだ。ならば、女郎蜘蛛は咲楽に正体を教えないだろう。彼女にとって、咲楽が安全ならば、神楽がどうなっても関係ないのだ。それは鴉も同意見だろう。

「帰りませんよ」

咲楽は神楽の危機を知ってしまった。

知ってしまった以上、ここで引き下がるわけにはいかないのだ。

「いや、駄目だよ。申し訳ないけど、酒呑童子と正面からやりあうのはお勧めしない。

唔は嫌だね」

このような物言いを鴉がするのは珍しい。

面倒な争いごとを避ける傾向は以前からあった。彼は平和主義というよりも、事なかれ主義だ。自分に害がなければ、それでよしと考えている節がある。魔者としての力も強く、以前は灰荒城に住んでいた奴延鳥を簡単に倒してしまった。それほどの能力を有しながら、酒呑童子とは争いたくないと鴉は言っている。

万が一があったとき、鴉は咲楽を守れない。

「唔は汝の安全を保障するという契約を交わしたんだ。契約を守るなら、無理やり連れて帰るのが筋だよ」

身動きしようとすると、鴉が柱に手をついた。咲楽の進路を断ち、動けない状態にしている。咲楽は神楽の様子をうかがえなくなった。

このまま、見過ごせ。

「……けど、鴉さん。契約にこだわるなら、おかしいことがあります」

「なに？」

人間に擬態していると、鴉の表情はとてもわかりやすい。人間と同じように眉を寄せ、咲楽の言葉に疑問を呈していた。

「鴉さんは、あれが酒呑童子さんだと、わたしに明かすべきではありませんでした。女郎蜘蛛さん同様、知らないふりをしていればよかったんです」

咲楽には酒呑童子のからくりがわからなかった。いくら顔が似ていたとしても、魔者の気配を感知できなければ、同一の存在だと決めつけることなどできないのだから。

「契約で、唔は汝に嘘がつけないから」

「いいえ、わたしは酒呑童子さんに似ていると言っただけです。そこで否定しても、嘘にはなりませんよ。他人のそら似で押し通せばよかったじゃありませんか」

「そうだね」

「どうして、わざわざ教えてくださったんですか？　契約には嘘をつかないという要項がありますが、鴉さんははぐらかすことだってできたはずです」

咲楽の問いに、鴉はしばらく黙っていた。

「嘘はついていない……でも、咲楽を騙すのは、嫌な気分になるんだ」

鴉にしては、要領を得ない回答だった。

「咲楽は怒ると家出するし」

「家出なんて――しましたね、一回」

「うん」

鴉は咲楽に嘘をついたことがないが、一度、騙すような行為をされたことがある。彼は咲楽に記憶の消えるお茶を飲ませ、大事な事実を黙っていたのだ。あのとき、気づいた咲楽は薬屋を飛び出した。

「家を出られると、いろいろ面倒だから。唔の気分がよくなかった」

「なるほど……そうですね。鴉さんは、わたしを手放さないという約束もしていますから」

咲楽を手放さないという約束がある以上、家出しようが、逃げ出そうが、鴉には咲楽を追う義務があった。それは鴉の言うところの「面倒」だろう。

無理に連れ帰ったり、騙したりしても、咲楽は神楽の安否を確認しに行くと、鴉は判断したのだ。

「ということは、鴉さんの一連の言動は警告ですね。わたしを脅迫しているわけではない、と……でしたら、これからわたしが神楽を追い続けても、止められませんね」

「そういう逆手のとり方、咲楽は本当に聡《さと》いよね。嫌だけど好ましくはある」

「ありがとうございます」

女郎蜘蛛の大きなため息が聞こえた。

「鴉。あなた本当に、頭おかしいと思うわ」

女郎蜘蛛は咲楽の肩を這い、首元に近づく。すると、ちくりと針のような痛みが肌を刺した。

その途端に、咲楽の頭にこの場にいない者の声が流れてくる。

『神楽ぁ、ジェラート食べようよぉ』

『わかった』

『なに味がいい？　いっぱいあるよ？』

『酒粕』

『渋いねぇ』

『カップがいい？　コーンがいい？　ボクはコーンかな』

『カップ……そのほうが食べやすい』

神楽の声だ。酒呑童子の声もする。

「こっちにいる眷属《子》たちにおねがいして、聞こえるようにしたわ。もう、知らないんだから」

女郎蜘蛛の強みは蜘蛛たちのネットワークを駆使した情報網だ。常夜ほど広いネットワークは形成できないが、近くの蜘蛛たちへ呼びかけるのは可能だった。

「ありがとうございます、女郎蜘蛛さん」

「どうせ、向こうにはこっちの存在なんて、バレてるんだからね」

女郎蜘蛛の厚意に甘えて、咲楽は二人の会話に集中した。

＊　＊　＊

彼の名は、酒《さ》匂《かい》蝶太郎だ。

神楽が蝶太郎と会うようになって、もう半年か。

最初は、神楽が彼を魔者から救ったらしいが、正直、助けた男の子の顔など、覚えていなかった。そのときに、記憶を消す術を使ったはずなのに、蝶太郎は神楽を覚えていた。二度目に会ったとき、神楽は彼に記憶が消える飴を渡したが、これもまた忘れていなかった。

魔者が見えることからも、退魔の目を持っている。けれども、退魔師の才能はなさそうだ。あくまでも、見えるだけ。そして、その力がなんらかの作用を及ぼして、神楽の術がかかりにくくなっているのだ。

魔者は見えるが、退魔の才能がない人間はときどきいるため、珍しくはない。

梨香と同じく退魔師の教育を受けさせるか悩んだが……彼が神楽の術を弾いたのが気になったのだ。もしかすると、咲楽のような特異体質かもしれない。そうなると、退魔師の社会への適合はむずかしいので、慎重にならねばならなかった。

蝶太郎は神楽の連絡先を聞き出したり、喫茶店でのお茶に誘ったりしてきた。神楽としては、彼の力について知りたかったのでつきあうことにした。

しかし、なかなか……蝶太郎は神楽の思うようには動いてくれない。

いつも肝心なところで、ひらひら逃げられてしまう。まるで、蝶かなにかのように、予測がつかない。少なくとも、人づきあいというものを苦手とする神楽にとっては、難儀な存在だった。

「神楽、楽しい？」

今日も蝶太郎の誘いでショッピングモールへ来ている。面倒だとは思うが、あいにくと予定が空いており、神楽は断る理由も持ちあわせていない。

咲楽は交際相手がどうとか言っていたが……なにを勘違いしているのだろう。〝おつきあい〟と言っても、交友関係ではあるが、交際関係にはない。と、神楽は認識していた。

ただ少し歩いて、お茶をして帰る。たいていは、蝶太郎がしゃべるのを神楽が聞いているだけだ。よくしゃべる男の子なので、口下手な神楽とは釣り合いがとれている。

「楽しいかどうかと言われると……どうだろうな。楽しいのかもしれないが」

蝶太郎の問いに、神楽は少し悩みながら答える。あまり友人と遊びに行った例がないので、よくわからないのだ。これが友人同士のつきあいとして、楽しいのかどうかが判断できない。

「私よりも、蝶太郎のほうが退屈していないか心配なんだが」

神楽のような人間と一緒で楽しいとは思えなかった。自分で言うのもなんだが、神楽はあまり笑わない。無口で失礼な物言いも多かった。

自分の性格や態度が相手を不快にさせていないか、気になるところではある。

「するわけないでしょ？　楽しいよ？」

蝶太郎は屈託なく笑いながら、ジェラートを食べる。人の多いショッピングモールなので、手近なベンチを見つけて二人で座っていた。このような休憩スペースは多めに設けられていて、ありがたい。

神楽も酒粕のジェラートを木のスプーンですくいあげる。和ジェラートを謳《うた》うだけあって、甘さひかえめで素朴な味だ。甘すぎるのは苦手なので、これは神楽の好みにもあう。

「ボクが誘いたくて、神楽を誘ってるんだから」

蝶太郎は、やはり笑みを神楽に向けた。子供らしい笑みである。

「本当か？」

「本当だよ」

おそらく、彼は将来、「イケメン」と呼べる男性に成長するだろう。俗世に疎い神楽にも想像は易い。蝶太郎は子供らしい子供だが、顔立ちは非常に整っていた。一見して、少年か少女かも判断がつかない。

怖いくらいに。

「私には……蝶太郎が、心から笑っているのかわからないからな」

蝶太郎の笑みはいつだって子供らしくて純粋だった。

貼りつけたように、一定だ。

彼が本当に心から楽しんで笑っているのか、疑問になる。

阿須澄の家に連れ帰ったときの梨香も、似たような笑い方をしていた。最近は慣れて、神楽にだけは素を見せていると思えるが……最初は、周囲の反応をうかがうような笑い方であった。

「ふうん」

蝶太郎は不意に神楽から顔をそらす。そのときの、彼の表情を神楽は想像するしかない。いや、想像もできなかった。

何度も会っているし、比較的親密な関係と言えるかもしれない。が、神楽は蝶太郎を知っているとは言いにくかった。

彼が神楽に話しかける理由だって、よくわからない。

「もしかして」

神楽は神妙な面持ちで考える。

「なにか悩みがあるのか。家庭や学校では言えないことなのか？」

身内には言いにくい悩みだってある。ぱっと、咲楽の例が浮かんだ。彼女の境遇では、家庭や学校で悩みを打ち明けるのはむずかしかったはずだ。結果的に咲楽を救ったのは、常夜に住む魔者たちであった。

自分にとって、縁遠い存在だからこそ、打ち明けられる話もある。

「あ……すまない。聞かれたくない話だったかな」

蝶太郎が一向にこちらに顔を戻さないので、神楽は慌てて言いなおした。そうだ。縁遠い相手を選ぶのは、悩みを打ち明けたいからとも限らない。悩みを抱えているが、話したくない場合もあるだろう。そういうときは、身内以外とつきあうほうが気が楽なのかもしれない。

全部仮説だ。

神楽には想像しかできない。理解も、共感もできないのだ。

他人というものは、どれだけ近くにいても距離が遠い。

「ううん。なんで、そう思ったの?」

蝶太郎はようやく、こちらを向いた。なにごともない顔だ。今までどおり、子供らしい表情を神楽に向けていた。

「いや……それは」

神楽は言い淀み、黙るほかなかった。どう説明すればいいのか。

「悩みがあれば、聞いてやれるといいと思っただけだ……でも、私はそういう話が苦手みたいだから……ただ、誰かの役に立てればと考えただけで。空回りというのかな」

たぶん、咲楽だ。

こんな考えをしてしまうのは、咲楽のことが、なかなか神楽の心から消えないせいだ。

咲楽を救うのは自分でありたかった。それなのに、神楽には一歩近づいて手を差し伸べ、彼女に平穏を与えてやる勇気がなかったのだ。

ずっと引っかかっている。

梨香と接するときも、どうすればいいのか、わかっていない。神楽は梨香を本当に救えているのか、自信がなかったのだ。

咲楽に与えられなかった優しさを、誰かに与えてみたい。

神楽自身は、そんな優しさなんて持ちあわせていないのに。

「悩みはないけど」

蝶太郎は胡桃《くるみ》味のジェラートを食べ、両足をベンチでバタバタと揺らす。行儀は悪いが、わざわざ注意するほどでもない。子供らしい仕草だと思った。

「ボクは楽しいことしかしないよ。そういう主義なの。だから、神楽がボクの退屈を気にする必要はないんだよ。わかる？　ボクはボクで楽しいのさ」

黙らせられる、とは、こういうことだろうか。

蝶太郎の返事を聞いて、神楽はなにも言い返せなくなっていた。

楽しいわけがないと自分では思っているが、蝶太郎は楽しんでいると言う。他人の感情を、神楽は決めつけてしまったのではないか。

「ボクは神楽を口説いているんだからね」

蝶太郎は片目を閉じて首を傾げる。ウインクだ。子供なのに、ドキリとさせられる仕草だと思った。

口説くという言い回しといい、子供らしいくせに、大人のようなときもある。

奇妙な子だ。

「あ……」

神楽の手に冷たいものがしたたる。カップから、溶けたジェラートが垂れていた。手を伝い、ぽたぽたと白い点がジャージに落ちている。

神楽はとっさに、これ以上落ちないよう、右手で溶けた滴を受けてしまった。そのせいで、両手がジェラートだらけになった。

ハンカチも取り出せない。

「ハンカチいる？」

状況を察した蝶太郎が身体に触れようとしたが、その前に神楽は立ちあがる。

「手を洗ってくる」

そのほうが早い。と、言い添えて神楽はお手洗いを探して走った。

＊　＊　＊

神楽と酒呑童子は、しばらくショッピングモール内のベンチに腰かけて会話をしていた。

咲楽は女郎蜘蛛の能力で、ひっそりと耳を澄ませる。

どちらかというと、酒呑童子がずっとしゃべるのを、神楽が聞いているという雰囲気だった。他愛もない。あまり特別な会話ではないように思えた。

『悩みがあれば、聞いてやれるといいと思っただけだ……でも、私はそういう話が苦手みたいだから……ただ、誰かの役に立てればと考えただけで。空回りというのかな』

神楽の言葉はどれも、一つひとつ、おそるおそる選ばれている。人としゃべり慣れていないからだ。

聞きながら、咲楽はふと……自分と神楽について思い浮かべる。

咲楽は阿須澄の家で冷遇されていた。存在を無視され、いない人間として扱われたのだ。そんな咲楽を、家にいなくていいようにしてくれたのは神楽である。神楽は、咲楽を救おうとしてくれた。

けれども、咲楽はそれに気がつかなかったのだ。

自分の存在に嫌気が差して、自傷とも言える行為をくり返した。こうやって、常夜で暮らすようになったのも、鴉との契約を結んだのも……。

咲楽は神楽の優しさに気がつけなかった。

気がつこうともしなかった。

それを……もしかすると、神楽は引きずっているのではないか。そう思えてならなかった。

やがて、神楽がベンチを立って走っていく。汚れてしまった両手を洗いに行くようだ。

ベンチには、酒呑童子が一人残された。

『ねえ』

一人でいるはずなのに、酒呑童子は誰かに話しかけているようだった。

その相手が咲楽たちだと理解するのに、時間はかからない。

『こっち、おいでよ』

酒呑童子の手が、ベンチの隣に置かれた観葉植物に伸びる。

やがてブチリと、音がしたのを最後に、酒呑童子の声は聞こえなくなった。

「やっぱり、バレてたみたい」

咲楽の首から離れながら、女郎蜘蛛が嘆息する。

「蜘蛛さんは……女郎蜘蛛さんの子は――」

「そこは気にしなくていいわよ。そういうものなんだから。それより、どうする？　あたいは、このまま逃げるべきだと思っているんだけど」

女郎蜘蛛の提案に、咲楽は首を横にふった。

鴉を見あげると、「勝手にすれば？」と肩をすくめる。

咲楽はごくりと唾を呑み込んでから、酒呑童子のもとへと歩いていく。

「やあ。姉のデートを盗み聞きなんて、キミも趣味が悪いね」

目の前に立った咲楽に、酒呑童子は足を組みながら笑いかける。神楽に見せていた子供らしい笑みではない。魔性を感じる、底の見えない笑い方であった。真意の読めない魔者らしく、しかし、このうえなく美しい。

「神楽は……酒呑童子さんとの交際を否定していますよ」

「そうなの？　まあ、あんまり色気はないよね。姉妹そろって」

姉妹そろって、というくくり方に、肩にのった女郎蜘蛛が「否定しないけど」とつけ加えている。

「どうして、神楽に近づくんですか」

「あれ？　そこの蜘蛛にでも理由を聞いたから、こうやってボクらの逢瀬《おうせ》を見ていたんじゃないの？」

酒呑童子は悪びれる気配もなく、棒付きキャンディーを一つ取り出す。包装を外して口に含む動作に、なぜだか視線が吸い寄せられてしまう。

「喰うんだよ。なんのための禁酒だと思ってるの？」

「神楽を……ですか」

「そうだよ。禁酒のあとの肉は美味いんだ。とくに生きた退魔師はいいよね……普通の人間はさ、ボクらに喰われても意味をわかってくれない。姿が見えていないからさ。死にかけると、たまーに見えるヤツもいたりするんだけど……」

「そういう話を聞きたいわけでは――」

「退魔師はね。全部わかったうえで喰われるんだよ。自分がどんな風に喰われているか、認識しながら死んでいく。抵抗だってする。醜く足掻きながらさ」

酒呑童子は話すのをやめなかった。

邪悪に笑いながら、楽しそうに。

「悔しいよね。そばにいた人間が魔者だなんて見抜けなかった自分を呪っているかもしれない。あいつら、魔者退治で喰われるのは想定してるけど、まさか、こんな風に騙されるとは思っていないからさ」

酒呑童子の口から、カリカリと飴を少しずつ噛んで削っていく音がした。

「どうして、神楽なんですか……」

「そこは、そうだなぁ。好みのタイプだったから？」

彼の言う好みとは、つまり。

「美味そうだったからさ」

咲楽は頭を抱えたくなる。

こんな話を、ずっと聞いていたくなどない。

「たまたまさ。あいつの退魔にたまたま、ボクが居合わせた。助けられたふりをしてそのまま殺すか、それとも、こうやって育てて殺すか。それだけだよ。ボクはいつだって、退魔師を殺せるのに、生かしてやってるだけ良心的だと思うけどね」

酒呑童子は咲楽に聞かせるためか、異様に饒舌だった。

「騙し討ちなんて……」

「どうして、ボクばっかりが責められるわけ？　おかしいでしょ。だって、おまえらは平気で魔者を騙して討ち取るよね？　ねえ、〝酒呑童子〟ってさ。割と不名誉な名前ばっかり、広まってない？　人間に騙されて頸をとられた鬼の名前として、だよ。ボク、もともと、そんな呼ばれ方じゃなかったんだけど。変なほうばっかり広まっちゃうもんだから、同類からも、そう呼ばれちゃってさ。風評被害っていうの？　困るんだよねぇ？　ねえ、ボクの言い分は聞かないわけ？　魔者は一方的に悪いのかな？」

「そうじゃない――」

「そうじゃないなら、ボクが退魔師を騙して喰ってもいいよねぇ？」

いいわけがない。

なのに、咲楽は言い返すことができなかった。

これは話しあえない相手だと感じる。まともにこちらの話を聞く気がない。

魔者も邪悪な者ばかりではない。話しあえるはずだ。咲楽はそう信じている。だから、酒呑童子の話だって聞くべきだ。一方的な論ばかりを魔者たちに押しつけるわけにはいかないと、頭で理解しているから。

「咲楽、聞かなくていいんだよ」

なにも言えなくなっている咲楽の前に鴉が出る。

咲楽は鴉の背中を見あげて、口を半開きにした。

「鴉クンさぁ……キミにしては、合理的じゃないね。キミのやるべきことは、そこの〝ペット〟を連れてさっさと常夜へ帰る、でしょ？」

「咲楽はうちの〝商品〟だよ」

「じゃあ、ボクが買ってやろうか？　商品を買って喰うのは、悪くないでしょ？」

「この子に、値はつかないよ」

煽るような語調の酒呑童子に対して、鴉は冷静だった。淡々と平坦で、いつもの穏やかで優しそうな雰囲気は一切感じられない。

鴉は、今どんな顔をしているのだろう。

人間の姿をしていると、鴉には表情がある。常夜にいるときも、ある程度の感情は仕草や声音でわかるのだが——雪姫が消えた夜、鴉はとても寂しそうな顔をしていたのを思い出す。

あのとき、咲楽は鴉があんな顔をすると初めて知った。

今……見てみたい気もする。

しかし、鴉は咲楽に背を向けたまま酒呑童子と対峙していた。

「咲楽には値がつかない。咲楽の希少性、理解して言ってる？　換えがいないものに値なんかつかないよ」

「そうでもないでしょ。せいぜい、同じ能力の人間なんて百年に一人程度。真剣に探せば、もう少しいるかもしれないよ？」

「いなかったよ。唔が一緒にごはん食べて美味しいって言える相手なんて」

咲楽は両目を丸くして、鴉の背を見つめる。

鴉さん……。

ガリッと、大きめの音が響いた。酒呑童子が飴を噛み砕いた音だ。

「つまんない。鴉クン、そんなつまんない奴だっけ？」

咲楽は酒呑童子を確認しようとする。だが、鴉が肩をつかんで、それをやんわりと阻止した。

代わりに、鴉の顔を見あげる。

「鴉さん……」

怒っている。

鴉の顔は、怒っていた。冷たい印象の眼光に射貫《いぬ》かれそうで、咲楽は心臓が縮んだ気がする。

もしかすると、常夜でもこんな顔をした瞬間があるのだろうか。咲楽にはわからなかっただけで、鴉はいろんな表情を見せていたのかもしれない。

「つまんない。じゃあね、バイバイ」

酒呑童子が手をふった刹那、咲楽の視界がゆがむ。

今まで、ベンチだと思っていたものが、低い生け垣に変わる。ショッピングモールのピカピカなフロアは、黒いアスファルトに。等間隔に白線が引かれ、そこに車がたくさん整列していた。ショッピングモールの駐車場だ。

屋内から、屋外に移動させられた？

違う。酒呑童子に幻覚を見せられていたのだ。咲楽たちはずっと屋外にいて、屋内を歩いていると思わされていた。酒呑童子が魔者の気配を消すのと同じように、〝酔わされていた〟のだ。

「神楽……！」

どうしよう。

神楽を助けなければ。

4

なんとか、ジェラートの処理はできた。神楽はほっと一息つく。

早めに対処したので、ジャージはシミにならずに済みそうだ。やはり、ハンカチを借りずに手を洗いに行った判断は間違っていなかった。

全部食べられなかったのはもったいないが、会話に夢中だったのが悪いのである。

神楽はお手洗いから出て、蝶太郎の姿を探した。

「ああ、蝶太郎」

もとのベンチへ戻ろうとする途中で、蝶太郎と出会う。思ったよりも早く合流できた。

「待たせてしまったな」

神楽が遅いので、こちらへ向かって歩いてきていたのだろう。

「ううん……それより、神楽。こっちへおいで」

蝶太郎は、やはり笑いながら神楽に手招きする。

「あ、ああ……」

とくに行きたい場所もないので、神楽は流されるままについていく。

「蝶太郎、怒ったのか？」

彼が急いでいるような気がしたのだ。歩く速さや声音が、今までと違う。

「怒ってる？　ボクが？」

言いながら蝶太郎は、どんどん人気のない場所へ向かっている。

同時に、おぼえのある感覚を察知した。魔者の痕跡。今、ここにいるわけではなく、
魔者が通った痕跡だった。

〝門〟が近い。

常夜へ通じる出入り口。魔者たちだけが行き場所を知る世界の裂け目だ。任意の場所へと行き先を変えられるのは、案内人《送り提灯》の特権だが、他の魔者だって門は通る。

「蝶太郎、こっちへは行かないほうが――」

「なぁんで？」

蝶太郎は子供っぽい高い声で問いながら首を傾げる。聞きようによっては甘ったるくて、わざとらしくも感じた。

寒気がする。妙な違和感だ。

「あっちへ行こうよ」

蝶太郎は笑いながら、神楽の身体を押した。とても子供の力とは思えない。神楽は踏ん張ることができず、そのまま後方へ倒れてしまった。

身体が、門を潜ったのだとわかる。

蝶太郎は、神楽を常夜へ通じる門へ押し込んだのだ。

「く……」

明るいショッピングモールから、薄暗い異界へ。周囲に夜泳虫が飛び、光を灯しているが、目が慣れるまで視界は当てにならない。

神楽は即座に、ポーチから呪符を出す。

案内人や、魔者の導きがない。この状態で退魔師が常夜に放たれるのが、どれだけ危険か、神楽は身をもって知っていた。

「剣翔！　急急如律令！」

呪符は瞬く間に刀と化す。神楽の力を流し込んだ刀身だ。

「さすがに、構えが速い。すごいすごい。思ったより優秀だ。並みの退魔師だと、なにされたか、しばらく気づかないいんだよね」

拍手。

神楽のあとに、門から、常夜《こちら》へ渡る者があった。

整った顔立ちに、不健康なくらい白い肌。紫色の羽織と、裾の短い着物がひらひらと舞う蝶のようであった。

見覚えがある。が、見覚えがない少年。

妖艶とも言えるほど美しい顔は、神楽の知っているものだが、彼の額から生えた角は、魔者——鬼のそれである。

どうして、気がつかなかったのか。とてつもない大きさの力を感じた。こんな気配、どうやって隠していたのだろう。

咲楽が連れている鴉天狗など比ではない。目の前の鬼は、首魁と呼べる強さを持っている。対峙するだけで背筋が凍り、平伏《へいふく》してしまいそうだ。

「おまえ……」

「蝶太郎って呼んでくれてもいいよ。もとは、そっちがボクの呼び名だったし」

蝶太郎を名乗る鬼は高い声で笑いながら、神楽に近づいた。

いつもなら、斬る。

だが、神楽は動けなかった。

いくら力を駆使したところで、神楽ではこの鬼には敵わない。本来、一級の退魔師が何人も束になり、策を講じてかかるべき鬼だ。それでも、倒せるかわからないので、封印を選択するかもしれない。

「酒呑童子って言ったほうが、通りがいいよね。しょうがないから、そう呼んでいいよ」

酒呑童子と聞き、合点がいった。かつて大江山に住み、京の都を荒らした鬼たちの首魁だ。これだけ強大な力を有するのも納得する。

「ボクに勝とうと考えてる？」

勝ち筋……残念ながら、今の神楽には見当たらなかった。攻撃すれば、一瞬で殺されるのが予知できる。

それに……。

「それとも、やっぱり攻撃できない？」

騙されたとわかっていても、人間として接していた相手に刃を向けるのは躊躇してしまう。

「鬼だってわかってもさ……人間として話していた相手だもの。しかも、こぉんなに幼《いたい》気《け》な顔をした美少年ときた。キミにその気があろうがなかろうが、自分に好意を向ける言動をしていた子供さ」

攻撃できる？　と、見せびらかすように酒呑童子は両手を広げて、その場で一回転してみせた。

神楽は辛うじて、刀だけは構えているが、動けない。

「はあ？」

しかし不意に、酒呑童子の顔が不機嫌そうにゆがむ。露骨に不快感を露わにしながら、後方に開いたままの門をにらんでいる。

神楽ではなく別のなにかが、彼の気分を害したようだ。

「キミさぁ……そんなに馬鹿だっけ」

舌打ちしながら酒呑童子は右手をかざす。発生した青い鬼火を、門へと投げつけた。

門は常夜と現世を繋ぐ通り道だ。毎日、いろんな場所に自然発生して、繋がる先は魔者にしかわからない。退魔師が発見しても、壊すのは困難な代物だ。

その門は、容易《たやす》く酒呑童子の鬼火で消滅してしまった。

「…………!?」

が、同時に神楽の身体がうしろへ引っ張られる。とてつもない腕力に抗えないまま、神楽の身体は宙へ浮かんだ。

地面がぐんぐん遠くなり、空気が風となって耳元でうなる。

「鴉天狗!?」

神楽の身体を連れ去ったのは、咲楽が連れている鴉天狗だった。咲楽たちは、「鴉」と呼んでいる。

門からこちらへ渡り、酒呑童子の機嫌を損ねたのは、彼だったようだ。おそらく、影を伝って神楽の背後に回り込んだのだろう。機を見て、神楽を抱えて飛び立ったというわけだ。

「なんで……」

この鴉天狗は、咲楽に執心している。咲楽に価値を見出し、彼女を助けてくれるが、その他の人間がどうなろうと知ったことではない。そういう性質の魔者だと解釈していた。

「唔が酒呑童子なら、常夜側《こっち》へ連れ込むと思った。それに、実際、唔なら誰よりも速く追いつけたからね」

鴉天狗は背中の翼で空を飛び、影を伝って移動する。魔者の中でも機動力が高い。

「そういう説明をしてほしいわけでは……」

「できるのに、やらなかったら咲楽が家出しそうだから」

結局は、咲楽のためである。その姿勢は崩さないようだ。

それでも……以前の鴉天狗とは考え方が明確に違う気がする。

「とりあえず逃げられるけど、唔、あいつとは争いたくないな。抵抗はしてやれるけど、勝てはしないと思う」

はっきり自己分析して、無謀とわかったうえで、鴉天狗は神楽を連れて逃亡を選択したらしい。まったく合理的ではない。メリットが見当たらなかった。

暗い上空には、夜泳虫は飛んでいない。

代わりに、満月の光が周囲を照らしていた。

薄青い月の光を浴びてひらひらと舞うのは、黒い蝶である。何羽もの蝶が、神楽たちの周囲を囲うように飛んでいた。

これは……ただの蝶ではない。

＊　＊　＊

走ると短く息が切れる。

疲労がたまり、足がどんどん重くなっていくが、咲楽はかまわず進んだ。暗い道をとおりすぎると、辺りを漂う夜泳虫がふんわりと咲楽を避ける。

常夜の空には、満月が出ていた。夜泳虫が少ない場所でも、周りが見えるのは心強い。

「見つけた。うちの子が、鴉たちを見つけたわよ！」

女郎蜘蛛が肩で叫んで教えてくれる。

ショッピングモールで、咲楽たちは酒呑童子に撒かれてしまった。そのとき、鴉が即座に提案したのだ。

——唔が姉を連れて逃げようか。

鴉からそんな提案をするなど珍しい。彼は咲楽のために動いてくれるが、自らそのような提案をする魔者ではなかった。

咲楽は驚いてしまったが、すぐに「おねがいします」と答える。

が、この提案には、穴があった。まったく合理的ではないのだ。

まず、鴉は〝逃げる〟と言った。これは、「逃げることしかできない」という意味だろう。つまり、鴉は酒呑童子に勝てないと判断している。

ただの時間稼ぎだ。

その間に、咲楽はやれるだけの手を打つ必要がある。

「のりなさいな！」

女郎蜘蛛が咲楽の肩から飛びおりると、身体がみるみる大きくなった。上半身は美しい女性、下半身は毒々しい蜘蛛という姿だ。

咲楽は女郎蜘蛛の身体に飛びのった。

「女郎蜘蛛さん。とりあえず、薬屋へ戻ってください！」

「わかったから、しっかりつかまって。舌嚙むわよ！」

「は、はひっ！」

言われたそばから、咲楽は舌を嚙んでしまった。女郎蜘蛛が糸を吐き、木の上へ移ったのである。そのまま、糸を使って木から木へと跳んで移動した。非常に鮮やかな跳躍で、道を走るよりも速く薬屋へ辿り着けそうだ。

「こっちのほうが速いのよ」

「そうでふね！」

また噛んだ。咲楽は女郎蜘蛛からふり落とされないよう、必死につかまっていることしかできなかった。

「うちの子たちにも、手伝わせてるから」

「あひがとうございまふ」

上下の動きが激しすぎて、一向に咲楽は慣れそうにない。それでも、文句は言えなかった。

＊　＊　＊

むしゃくしゃした。

獲物を連れて飛び立った鴉をにらんで、酒呑童子は舌打ちする。

最初、神楽に目をつけたのは偶然だった。今まで選んだ退魔師だって、気まぐれだ。とくに意味や必然性はない。

神楽に初めて会った日——たまたま、現世で下位の鬼たちが暴れていたのだ。酒を飲みすぎて、勢いで現世へのり込んでしまったらしい。たまにある。

酒呑童子としては、放っておいてもよかったが、茨木童子から嘲笑されたのが気に食わなかった。鬼たちは雑魚の退魔師に祓われるのが関の山だ。自分の下にいる鬼があっさりと退魔師に敗れ、恥をかくのは誰か。

ボクはどうでもよかったけどね。雑魚が雑魚に殺されたって、なんとも思わない。そういうのを、摂理って呼ぶんじゃないかな。

ただ……近ごろは常夜の空気が変わってきている。

無駄に退魔師と争う必要はないのだと、考える魔者がいるのだ。なにが原因かは、なんとなく察しがつく。鴉が飼っている人間《ペット》のせいだ。

だから、鬼の不始末も、首魁がつけるべきだ。そういう風潮があった。退魔師に祓われる前に、自分で始末しろ。

べつに、退魔師に見つからない程度なら、なにも手を出す必要はない。普通に人は喰っていいし、騙くらかしてもいいのだ。なのに、目立つのはよくない。そういう論である。面倒くさい。

酒呑童子は気乗りしない後始末をしに、現世へ行った。そこへ、偶然駆けつけた退魔師が神楽だったのだ。まさか、鴉の飼い犬の姉だとは思わなかったが……なんとなく、憎らしい顔は一緒だった。

酒呑童子は人間の子供のふりをして、神楽に助けられてみる。怖がって泣いてもみせたが、彼女は表情一つ変えなかった。薄情そうな人間だ。うしろから刺し殺してやろうかな。

けれども、神楽は薄情とも言いにくかった。表情は淡泊だが、決して、子供のふりをする酒呑童子の前から退かない。鬼から守ろうとしていた。なにも知らないくせに。


——なぜ、現世へ来た。


神楽は酒に酔って暴れる鬼どもを相手に、言葉を投げかけたのだ。現世へ来た理由を問う退魔師など、見たことがない。さらに、「なにか理由があるのか」と、続いていた。

魔者に恩情をかけようとしている。

その必要のない連中だと、酒呑童子は理解していた。下等で考えの足りない鬼たちだ。退魔師が来なくとも、酒呑童子が殺していた程度の。

結果は当然のように、鬼たちが塵《ごみ》と判明して祓われてしまったのだが……演技でもしておけば、逃がされていたかもしれないし、騙し討ちの機会もあっただろうに。あーあ、正真正銘の塵だったな、あいつら。

　一方で、酒呑童子は神楽に興味を持った。

　この退魔師を、じっくり喰い殺してやろうと思う。用意周到に、騙して。

　美味そうなご馳走だ。禁酒をして、堪能したかった。

　そうやって育てた餌を横取りされてはたまらない。

「腹立つなぁ……」

　酒呑童子が紫の羽織を脱ぎ捨てると、羽織は分解するように、形がばらばらと崩れていく。その断片が一羽一羽、黒い蝶へと変じていった。

　酒呑童子が命じなくとも、蝶たちは鴉を追っていく。何羽も何羽も、無数に飛び立った。

「早く墜《お》ちてこい」

　酒呑童子は高い声で笑いながら、前へ歩いた。追跡する必要はないだろう。じきに、墜ちる。

　頭上を見あげると、満月。

　灯りに照らされるように、飛ぶ鴉の姿が見えた。酒呑童子が放った蝶たちに苦戦しているようだ。飛行速度が落ち、どんどん地面が近づいている。ときどき見える光は、神楽の術だろうか。なかなか無駄な抵抗をするじゃないか。

鴉はもっと利己的な奴だと思っていた。現世で人間を庇ったのにも驚いたが、こんな愚を犯すとは。逃げ切れるはずがないのに。

しかしながら、さすがの鴉も蝶相手なら、しばらくは粘ってくれるだろう。その間に、酒でも調達するか。やはり、美味い肉には、酒が必要だ。

常夜市へ行くか。酒呑童子は浮かれていた。身体も気分も軽やかで、口笛でも吹いてしまいそうだ。

「おお、酒呑童子。えらいご機嫌じゃないか」

「ふふ。そう？」

常夜市に入ると、入り口で魔者に声をかけられた。布屋をやっている猪頭だ。こいつ、あんまり品がないから好きじゃないんだよなぁ。

「今、禁酒中なんだっけか？」

「ううん、もうやめるんだ」

「まぁた長続きしなかったのかい」

「ボクにしては、すごくがんばったんだけどぉ？」

うるさいなぁ。雑魚のくせに。酒呑童子は笑いながら、内心で苛立ちをおぼえていた。

鴉はまだがんばっているようだけど、できれば早めに酒を調達して仕上げに行きたい。

「だったら……ほれ、持っていけ。いいのが入ったんだ」

けれども、今日の猪頭は気が利いている。酒呑童子に瓢箪を差し出してきた。

「へえ……？」

酒呑童子はすっかり気分がよくなり、瓢箪を受けとる。まあ、今日のところは許してやるか。運がいい。

「ありがと」

「いいってモンよ」

さて、酒も手に入ったことだし、そろそろ鴉を墜とすか。蝶たちに命令を念じれば、ある程度、場所は誘導できるだろう。

酒呑童子は瓢箪を片手に、山のほうへと歩いていく。

「ま……待て！」

常夜市を外れたころ、不意に呼び止められる。

女の声だ。

酒呑童子を呼び止めた声の主は、山のほうへ走っていく。木々の間から見えるうしろ姿は……神楽だ。地味で野暮ったいジャージを着ていた。

鴉はまだ墜ちていないようだが……さては、神楽だけを手放したか。そのほうが身軽だと踏んだのかもしれない。それとも、さすがに見放したかな？

「待ってよ、神楽」

〝鬼ごっこ〟ならば、つきあおう。酒呑童子は神楽を追って木々の間を走った。

鴉は、やっと墜ちたみたいだ。役目を終えた蝶たちが酒呑童子のもとへと帰ってきた。

「待ってよ」

酒呑童子はわざと甘ったるい声を出しながら、神楽に近づく。あまり速く走っているつもりはないが、人間相手だと、すぐに追いついてしまう。

だが、生意気なことに神楽の姿が消えた。木の陰に隠れたらしい。

「あな……おまえなんて、怖くないぞ！」

気丈な声が響き渡る。面白くない。意外と強がっている。もっと泣き叫んで命乞いをすればいいのに。

「つまんないことしないでよ」

酒呑童子は人差し指を立てた。その刹那、酒呑童子の周囲を突風が薙ぎ、四方に生えていた木々を切断した。

どこかに隠れているなら、見えるようにすればいい。

声にならない歪《いびつ》な叫び声が聞こえた。切断して倒れた木に、神楽が押し潰されたようだ。呆気ないな。でも、愉快だ。虫みたい。

「…………！」

目を凝らすと、大きな枝の下敷きになって這い出ようとする姿が見えた。

酒呑童子は気分がよくなり、さきほど猪頭からもらった酒を一口呷《あお》った。すっと水のように溶けるが、甘みも強い。雪解けの春を思わせるすっきりとした酒であった。もう少しきついほうが好みだが、これはこれで美味い。飴などよりも、ずっと。

酒呑童子はもう何回か酒を口に含んでから、神楽に近づく。

「つかまえた」

笑いながら、酒呑童子は神楽を木の下から引きずり出す。骨でも折れているのか、動きが鈍く、うめき声が聞こえた。もっといい声で鳴いてほしくて、雑に地面へ放る。

「…………？」

地面を軽く転がる神楽を見て、酒呑童子は眉を寄せた。

怪我はしていなそうだ。手足が折れた様子もない。

服が違う。彼女が着ているのは、簡素なジャージだ。けれども、その上から薄いベールのような羽織――守りの外套を着ている。

「こいつ！」

神楽じゃない。妹のほうだ！

気づいたときには、やや遅かった。素早く咲楽の影から、黒い魔者が這い出る。

「鴉クンさぁ……」

影から出た鴉が酒呑童子に錫杖を突き出す。が、この程度なら、造作もなく受け止められる。

「この程度の騙し討ちでボクから一本取れると――」

酒呑童子は余裕を持って、鴉の錫杖をつかんだ。

「は？」

しかし、錫杖をつかみとれない。足に思ったより力が入っていなかったようで、振り回されてしまう。

どういうことだ。

酒呑童子は辛うじて両足で踏み込み、鴉を押し戻そうとする。が、静止させるので精一杯だった。

腰にさげた瓢簞の中から、酒が揺れる音がする。

「おい、まさか……」

「今、気づいたの？　汝って思っていたより馬鹿なんだね」

鳥類の顔は、薄気味悪くて表情すらわからない。だが、酒呑童子の脳裏には、さきほどのショッピングモールで見た鴉の形相が焼きついていた。

「謀ったな！」

「唔だって騙されたんだ。騙しあいくらいしないと不公平、いや、アンフェアだと思わない？」

横向きに薙いだ錫杖を避けて、酒呑童子はうしろに跳び退る。こんな格下に距離をとるなど、ありえない。それだけで腹が立ってきた。

酒呑童子は忌々しい瓢箪を投げ捨てる。

中からこぼれる酒が、月の光を反射しながら地面へ流れていく。もったいないとは露ほども思わない。

これは、毒だ。

「咲楽。殴っていいよね？」

＊　＊　＊

上手くいく保証はなかった。

運の要素が大きく、賭けのような計画だ。

「う……」

咲楽は地面に手をつき、顔をあげた。離れた位置で、鴉と酒呑童子が交戦している。

常夜へ帰った咲楽は一度、薬屋へ立ち寄った。

一つには、守りの外套をとりに行くため。これがなければ、鴉は神楽など捨て置いて咲楽だけを連れて行きそうだと思った。危険を少なくする保険だ。

もう一つは、神変奇特酒だ。

七色鱗からもらった珊瑚と、雪姫が溶けた水から作った薬である。ユキに渡しても余りがあったので、鴉の店に保管していた。

七色鱗の珊瑚は、魔者の万能薬だが、人間には死を与える。

逆に神変奇特酒に精製すると、人間に活力を与え、魔者の力を弱らせてしまう。まったく逆の効果になるのだ。

これを酒呑童子に飲ませれば……鴉にも勝機がある。

咲楽はとにかく急いだ。女郎蜘蛛の眷属たちを使って、事前に猪頭と交渉してから、神変奇特酒を酒呑童子に渡してもらえるよう託した。

もちろん、契約だ。条件はつけた。

咲楽の能力を二年間、猪頭に無償で貸し出すという契約である。さすがに期間が長すぎるので、あとで鴉に怒られるかもしれないが……あの短い時間での交渉では、これが限界だった。

みんな酒呑童子を敵になど回したくはない。あまり魔者と争う性分ではないらしいが、酒呑童子は強力である。

それでも、猪頭は「嬢さんの頼みなら、しょうがねぇか」と引き受けてくれたのだ。

鴉とは、女郎蜘蛛の眷属を使って連絡をとっていた。そのおかげで、咲楽の考えも伝えられたし、鴉の時間稼ぎもスムーズに行えたのだ。

そして、機を見て神楽のふりをして、咲楽は酒呑童子の前に現れた。

酒呑童子が咲楽の正体に気がつく前に、酒を飲んでくれなければ負ける。運の要素が強すぎる賭けであった。

結果は成功だ。

「嗚呼ッ！　むっかつくなぁ！　クソ！　力が入らねぇ！」

酒呑童子の言葉に余裕がないと感じた。身体の調子がいつもと違うらしい。頻《しき》りに悪態をつき、怒りを露わにしている。

酒呑童子に神変奇特酒を飲ませても、勝機は五分五分だと鴉は言っていた。

咲楽の役目はここまでだ。これ以上は、見守るしかなかった。今、鴉だけが影を移動してきたので、神楽は走って向かってきているところだろう。

咲楽を守るように、女郎蜘蛛が前に出る。

「怪我はない？」

「はい……外套を持ってきましたので」

木が倒れてきたときは駄目かと思ったが、やはり守りの外套が衝撃を無効化してくれた。おかげで、咲楽は無傷である。

それよりも、鴉と酒呑童子だ。酒呑童子の力を削いだとはいえ、勝てるとは限らない。

鴉は錫杖を何度も突き出している。咲楽が見えないほどの速さだ。

「鴉さん……怒っていますね」

鴉の攻撃はすべて酒呑童子の顔を狙っていた。

「あたいだって頭にきたもの。一発、ブン殴ってほしいわね」

女郎蜘蛛まで、物騒なことを言っている。

鴉の錫杖を酒呑童子がとらえた。弱体化した状態では、手でつかんでも振り回されると理解しているのだろう。足で地面に叩きつけるように長い錫杖を折ってしまう。

だが、鴉は真っ二つに折れた錫杖を、そのまま酒呑童子に向けた。折れた錫杖の尖端が酒呑童子の頬をかすめる。

拮抗状態だった。なかなか決着がつかない。

酒呑童子が神変奇特酒を飲んだのは三口だ。あまり長引くと、神変奇特酒の効果が薄まって力を取り戻してしまう。鴉も散々逃げ回ったあとで、体力を消耗していた。

咲楽は地面に落ちた瓢簞に視線を向ける。

「女郎蜘蛛さん……」

「やだ！　嫌よ！　そういう相談にはのらないいんだから！」

「おねがいします。対価は、お支払いします」

「いらないんだってば！　そんなもの——あ、待ちなさい！」

女郎蜘蛛の返事を待たずに咲楽は走り出す。

今なら、酒呑童子は鴉で手一杯のはずだ。咲楽が瓢簞を拾い、残りの神変奇特酒を少しでも酒呑童子に飲ませられれば——。

「本当に目障りな虫」

咲楽が瓢簞に触れたそのとき、頭をつかまれた。

鴉と戦っていたはずの酒呑童子が咲楽の背後に立っている。

「ふり返ったら殺すよ。大人しくしていても殺す。一秒でも長く生きたかったら、そのまま動くな」

酒呑童子は神変奇特酒を解毒しつつある。このまま時間を稼ぐつもりなのだと察した。

咲楽を人質にされ、鴉も動けなくなっている。

「なんで、おまえらそんなに馬鹿なんだよ」

咲楽は息を呑んだ。まともに呼吸ができない。酒呑童子から感じる威圧的な空気で死んでしまいそうだった。

瓢簞の中に神変奇特酒は残っている。もしも、ふり返って、酒呑童子の顔にかけることができたら……しかし、身体がまったく動かない。

「だから、嫌だって言ったのよ！」

が、不意に咲楽の手から瓢簞が離れていく。

女郎蜘蛛が糸を使って、瓢簞を宙へ弾いたのだ。瓢簞は口から神変奇特酒を撒き散らしながら、くるくると放物線を描く。それを合図に、咲楽は地面を蹴った。

「…………！」

酒呑童子は口を開かないようにしている。咲楽に強い殺気が向けられるのを感じた。

「雷羽――急急如律令！」

稲妻が走り、酒呑童子に一瞬の隙が生まれた。

咲楽は地面へ落ちそうになっていた瓢箪をキャッチする。まだ中の酒はわずかに残っていた。これが最後のチャンスだろう。

「おねがいします！」

咲楽は声の限り叫びながら、瓢箪を投げる。

その先に、神楽が追いつくのを信じて。

「蝶太郎、私はここだ！」

疾風のような速度で、神楽が酒呑童子の前に現れる。

そして、手にした刀で宙を舞う瓢箪を両断した。最後の神変奇特酒が、酒呑童子に降り注ぐ。

「あ……」

酒呑童子は意外そうな顔で、神楽を見あげていた。

「一発殴らせてもらうよ」

背後から迫った鴉の拳が、酒呑童子の頭をとらえる。ほんの瞬きの間に起きた出来事で、見逃してしまいそうな速度だ。

酒呑童子の頭は、鴉の一撃で地面にめり込んでいた。

酒呑童子は女郎蜘蛛によって縛りあげられている。

「あのさぁ。もう抵抗なんかしないから、解いてくれていいよぉ？」

酒呑童子は無邪気な子供みたいな声で懇願するが、鴉も女郎蜘蛛も応じなかった。

「本当なら、頸を落としてしまうところだけど」

「鴉さん、それは駄目です」

「って、咲楽が言うから仕方ないよね。代わりに、もう一発殴らせて」

「そ、それもやめてください！」

「どうしてさ。今しか機会がない」

「どうしてもです」

「やだよ」

「我慢してください」

本当に鴉を怒らせているようだ。彼がこのようなことを言い出すのは、初めてだった。

事なかれ主義で、争いを好まない性質の魔者なのに。

咲楽が鴉を止めている間に、神楽が前に歩み出た。

「私はおまえの正体に気がつけなかった」

神楽の声はいつもとあまり変わらず淡々としており、不器用で感情が上手く表現できていない。どうしても、平坦なものに感じられた。

「蝶太郎がどう思っていようと、私は楽しかった」

神楽は言いながら、酒呑童子と目線をあわせる。一方で、酒呑童子は憎々しげに神楽をにらんでいた。

「は？　なんで？」

「なんでと言われても……私は誰かと茶をしたり、買い物したり、無駄にしゃべったり、そういう経験がないんだ」

「そんなの、ちょっと話せばわかったよ。そうじゃなくて、どの口が楽しかったなんて言えるんだい？　ボクはおまえを騙した魔者だぞ」

「ああ、そうだな。私を食べたかったんだろう？」

口を曲げる酒呑童子の頭を、神楽はそっとなでる。指先から真っ黒な髪がこぼれた。額から生えた角に触れる際は、いっそうていねいに。

「私は退魔師だ。現世に悪意をもって訪れた魔者は祓わなければならない。だが、魔者と退魔師の無益な争いも避けたいと考えている。話しあえる相手なら、話しあって、それから祓うか決めたい」

「だったら、今祓えば？　ボクは人間を喰ってきた魔者だよ？」

「私は、蝶太郎なら話しあえると思っている」

シンと、場が静まった。神楽の言葉に、みんな耳を傾けているのだ。

「は……？」

酒呑童子だけが、呆然と口を半開きにしている。

「私が旧鼠を祓おうとしたとき、蝶太郎は庇っただろう？」

思い当たる記憶があるのか、酒呑童子は言い返さなかった。

『あのとき……逃がされた……』

自分が呼ばれたのを悟って、咲楽のカバンから鼠の翁が顔を出す。

「旧鼠が人を襲うのには理由があると、私に気づかせたかったんだろう？」

「…………」

咲楽の知らない会話だった。

二人だけの記憶だ。

「あと、そうだな……おまえは蝶太郎と呼ぶと、嬉しそうな顔をする」

女郎蜘蛛がひそひそと、周囲に聞こえない声で咲楽に耳打ちし、「え、どこが？」と、確認してきた。

咲楽も、酒呑童子の表情の変化には気づかなかった。鴉よりもむずかしい。けれども、咲楽が鴉の感情が少しわかるのだって、一緒に暮らしているからだ。きっと、神楽と酒呑童子にしか理解できない。

だとすると合点がいくこともある。

神楽が神変奇特酒の瓢簞を両断したとき、酒呑童子は驚いていたのだ。思わず口を開き、ふりかかった神変奇特酒を飲んでしまった。

もしかして……神楽が〝蝶太郎〟と呼んだから。

酒呑童子は言っていた。本当は別の名前で呼ばれていたが、酒呑童子のほうが通りがいいのだと。

彼は〝酒呑童子〟という、人間のつけた名を嫌っているのだ。

「私は魔者退治が嫌いだ。祓わずに済むなら、そうしたい。本当は退魔師になんて、なりたくなかった」

神楽の本心だった。

「考えないようにしていたが、駄目だ。おまえたちにも意思があって、心がある。そんなことを知ってしまったら……機械のように祓うなんて、できやしない。人を殺すのと、なにが違うんだろう」

神楽のうしろ姿を見て、咲楽はなにも言えずに立ち尽くす。以前よりも、神楽は魔者に歩み寄っていた。話を聞くようになった。それは素敵なことだと思っていた。しかし、実際は……神楽を苦しめている。

神楽は刀で女郎蜘蛛の糸を切る。

酒呑童子が解放され、鴉と女郎蜘蛛が警戒の色を見せた。

「だから、話をしよう。蝶太郎。私は蝶太郎と話していたい」

酒呑童子の狩りは成功していた。

鴉や咲楽が介入しなければ、神楽はきっと酒呑童子に抵抗できなかっただろう。無残に殺されていたかもしれない。

情が移った魔者を祓える退魔師は——人の心がないだろう。

神楽は、そのような退魔師にはなれなかった。

「つまらないな……」

酒呑童子がつぶやいた。何度も、口の中で小さく「つまらない」と吐き捨てる。

「だったら、大人しく殺されろよ。ボクに喰われれば、楽だったのに……なんで、抵抗しちゃったんだよ」

「なんでかな。退魔は嫌だが、死にたくはなかったのかもしれない。誰だってそうじゃないのか」

「都合がいい……ボク、人間のそういうところ嫌いだ。汚らしい。でも、汚らしい人間を見るのは好きだよ」

「矛盾していないか」

「醜さは嫌いだけど、醜いものを見るのは好きなんだよ。おまえがボクに喰われて、絶望しながら醜い声で鳴く姿が見たかった」

自由の身になっても、酒呑童子は神楽を殺そうとしなかった。妙に子供っぽいしゃべり方もしていない。

「だから、つまんない」

酒呑童子は口を曲げながら目をそらす。

「おまえは――神楽は退魔師として生きるのがつらいんでしょ？」

「ああ。嫌になる」

「苦しい？」

「苦しいさ」

神楽は酒呑童子の問いかけに、一つひとつ丁寧に答えていく。

「だったら、ボクはそうやって苦しむ神楽を見ていようじゃないか。なにかあったら嘲《あざ》笑《わら》ってやる。挫折して死にたいくらい絶望したら、そのとき、ボクがおまえを喰ってやるよ」

酒呑童子は口角を邪悪につりあげて、高い声で笑った。妖艶で甘く、底の見えない闇があるような、魔者らしい笑い方だ。背筋が凍る。

「あいにく、魔者なんかの世話にならないよう、こちらもやれるだけやるよ」

「言ってろ、人間」

これは和解ではない。そんな優しい会話ではなかった。契約でもなく、約束でもなく、それなのに、互いを認めている。

ずいぶんと歪で、ねじれた関係だ。

神楽と酒呑童子の未来は、明るくなるとは断言できない危うさがある。

でも、それは咲楽と鴉だって同じだった。

人間と魔者、考え方が相容れない。鴉とは契約を結んでいるとはいえ、穴はあるのだ。

姉妹そろって、なんと困難な道を選ぶのだろう。

咲楽には、他人事《ひとごと》とは思えなかった。

終章　美しい思い出

1

冬が来た。

珍しく雪が降っている。本当に珍しい。

咲楽は空を見あげていた視線を、足元に落とした。

薄らとアスファルトが白くなっている。北国の人間からは鼻で笑われるかもしれないが、これでもすごいことだった。電車やバスも運休になっている。

靴底で雪を払っても、下のアスファルトが凍っている状態だ。薄らと張った氷の膜を観察していると、白い吐息が漏れた。

大学入試が近いので、試験当日の天気が気になる。こんな風に雪が降ったら、会場へ行くのは大変だろう。

「阿須澄さん、お待たせ」

麻夕里の呼びかけで、咲楽はようやく顔をあげた。耳が冷たくて痛い。

「ありがとうございます」

麻夕里から手渡されたのは、コンビニの豚まんだった。思ったより熱くてびっくりしたが、寒さのせいで指先の感覚は鈍くなっている。豚まんを持つと、温かさがじんわりと戻ってきた。

「お礼とか、ええんよ。ほら、食べようや」

「はい」

豚まんを半分に割ると、湯気がふわりと立ちのぼる。口に入れた瞬間、ふっくらとした生地の甘みと、肉汁が広がった。香辛料が肉の旨味を引き立てている。熱したタマネギやしいたけ、タケノコの食感もくせになりそうだ。冷え切った身体には、薬のように感じられた。

「はよ帰れてよかったねー。積雪様々」

「わたしは、学校でもう少し勉強がしたかったですよ」

「阿須澄さん、ほんと真面目よね」

「そうでしょうか？　もう共通テストまで日がないんですよ。年が明けたら、すぐじゃないですか」

「あーん。そういう話はよしてよ。もう今更足掻いたってしょうがないんやから、うちはリラックスしたいんよ」

今日は雪で学校が午後休となったので、本当は速やかに帰宅したほうがいい。けれども、麻夕里と一緒に帰れるのも、あと少ししかないと思うと、買い食いを断るのも忍びなかった。

今年、咲楽が雪を見るのは二回目だった。

夏の雪。雪姫が降らせた雪は、咲楽にとって一生忘れられないだろう。

ユキはどうしているだろう。今も自宅で療養しているのだと、女郎蜘蛛に教えてもらった。この雪を見ているだろうか。

ひと夏で終わるはずだったユキの命は、しばらく続く。冬を越え、春まで。いや、もっと……病は完治していないはずなのに、きっと彼女はまだまだ生きるだろうと、ぼんやりとした希望があった。

そうであってほしいという、咲楽の願望かもしれない――。

「んー。美味しい」

「本当に。鴉さんにも買って帰りましょうか……」

「なに？　阿須澄さんの家、烏《カラス》を飼ってるの!?　それって、駄目じゃない？」

「い、いいえ、そうでは……」

豚まんを頬張る麻夕里の隣で、咲楽はカバンからの音に反応する。夏休みのアルバイトが実って手に入れたスマートフォンだ。大学の学費は奨学金もあり、なんとかなりそうだったので、思い切って購入してみた。

神楽から、メッセージが届いているようだ。

『やっほー♥　元気ぃ～？　彼ピと足湯してまーす。今日、寒～い。ぴえん』

妙に軽い文体のメッセージと一緒に写真がそえられていた。自撮りだろうか。神楽と人間に擬態した酒呑童子が並んで写っている。神楽は眉一つ動かさない硬い真顔だが、酒呑童子のほうは明るくウインクなどして楽しそうだった。ぴえんって、なんだろう。

神楽が打った文章には見えないけれど……と、思っていたら追加のメッセージが届いた。

『すまない。蝶太郎の悪ふざけだ』

おおむね、予想どおりだった。

神楽と酒呑童子の交友は続いている。ときどき、こうやって楽しそうな様子をメッセージしてくれていた。

ありふれた幸せに見える。

その実、咲楽たちの生活は細い糸のうえを歩くようであった。

知らないうちに、糸が切れて深い闇の底へ墜ちてしまうかもしれない。そんな危うさがある。

人間と魔者はわかりあえるはずだ。

咲楽は信じていた。

しかし……その関係は非常に歪である。

こんなもので、共存していると呼べるのだろうか。

2

「ただいま戻りました」

ギィギィと、あいかわらずの音で古い蝶番が鳴いている。出入りするたびに、ホームセンターで新しい金具を買ってこようと思うのだが、いつも忘れてしまう。優先順位が低いからだろう。完全に壊れてしまえば、話は別かもしれない。

「おかえり、咲楽」

乾いた薬草の匂いであふれた店の奥には、真っ黒い鳥類の顔を持った青年が座っている。穏やかな声音で、咲楽を迎えた。

「鴉さん、豚まんを買ってきました」

常夜の冬も寒く、現世よりも冷え込んでいる。実際、外は雪が積もり、白い景色だ。今日は月がないけれど、満月だったら美しい銀世界が見られる。

「ありがとう。あれ、咲楽の分は？」

「わたし、もう友達と食べて帰ったんです」

「ふうん」

咲楽の手渡した豚まんを、鴉は嘴で食べやすいように一口大に千切った。

「一緒に食べたかったな」

「すみません……」

「そのほうが美味しいからさ」

「わかりました。では、わたしはコーヒーをいただきますね」

「うん、そうして。待ってるよ」

咲楽は手早くコーヒーを準備して、鴉とテーブルをはさんで座った。インスタントだが、豆のいい香りがする。鴉も好きな匂いだ。

鴉は嗜好品として、人間のものを食べるが、味の善し悪しはあまり理解していない。彼にとっての「美味しい」は、「咲楽と一緒に食べる食事」なのだろう。

鴉は魔者で、人間の咲楽とは相容れない。理解に苦しむ思考もあるし、制御できない感情だってある。

この関係はいつまで続けられるのだろう。

酒呑童子と神楽。女郎蜘蛛と鈴本《すずもと》。鼠の翁と梨香。雪姫とユキ。鴉と咲楽……様々な魔者と人間の関わりあいを知っている。

しかし、その有り様はそれぞれに違うのだ。

まったく違う感情や理由によって結びつけられている。

これでいいのだろうか。

「鴉さん……このままで、いいんでしょうか」

咲楽の吐露に、鴉は嘴をなでた。

これが咲楽の目指すべき道だろうか。魔者と人間が共存して、わかりあえる時代を築きたい。その架橋に咲楽がなりたい。それはただの理想か、実現可能か。

咲楽には、先が見えなかった。

「全部同じは、無理だと思うけど。人間も魔者も、全員同じじゃないよね？」

同じじゃない。

その言葉に、咲楽は視線をあげた。

「人形じゃないんだから。魔者同士だって、それぞれ関わり方が違う。人間もそうじゃないのかい？　みんな同じように、意見が一致するの？」

「……いいえ」

「じゃあ、そこは咲楽が考えなくてもいいところだ。各々が考えるべきじゃないかな。そこまで汝《きみ》が責任を持つ必要はまったくないよ。違う？　強いて言えば、そうだね。環境は整えられるし、重要かもしれない。戦争という環境があれば、どんなに道徳的に育っていても、人は平気で人を殺すんだろう？　逆に平和なら、人が人を殺すのは正当な理由があっても犯罪だね。進んでやりたがる人間は少なくなる」

鴉の論理は他人事だ。無責任とも言える。

だが、実際には……そうだった。

人間だって、同じではない。綱渡りのような微妙な関係性で繋がっている。家族ですら、能力の有無で簡単に関係を切ってしまうのだ。

人との関わり方を個別に教えてくれる人もいない。学校で習う道徳や倫理はあるが、咲楽は役立てられていなかった。常夜へ来るまで、咲楽は独りぼっちだったのだ。

個別の関わりは、個人で解決するしかなかった。

どんなに歪な綱渡りであっても。失敗しながら、学ぶしかない。

「安心して。唔《ぼく》は咲楽を、結構好ましいと思っているよ。契約もあるし、急に喰べたりなんかしないから。もしかして、疑ってる？」

「それは……疑ってません。でも、怖いです」

「正直だね」

「……鴉さんにとっては、わたしが裏切る怖さもあるんですよね？」

「そうだね。勝手に家出するし、危ない話にすぐ首を突っ込むからね、咲楽は。怖いよ」

「危ないのは……すみません」

「その謝罪は受けとっておくよ。事実だもん。酒呑童子の件、唔は許してないんだからね」

　鴉と酒呑童子が戦っているとき、咲楽が神変奇特酒を取りに飛び出したことだ。あのときは軽率だったと反省している。けれども、あの神変奇特酒がなければ、酒呑童子を止めるのはむずかしかった。そこは譲るつもりはない。

「それより、今日の夕飯はなに？」

「まだお昼過ぎですよ。お夕飯には早いと思いますが……そうですね。牡蠣《かき》を買ってあるので、クリームシチューにしようと考えています。ほうれん草もたっぷり使いましょう」

今年の冬は寒いので、ほうれん草が甘い。寒い冬は、甘みがぎゅっとつまるのだと、レシピ本の豆知識に書いてあった。スマートフォンを手に入れてからはレシピサイトも見るが、やはり紙の本も落ち着く。というより、常夜へ来ると電波が途切れてしまうので、紙の本に頼るしかない。

「美味しそうだね」

鴉はテーブルに頬杖をつく。足元を、鼠の翁が這っていた。どうやら、鴉がこぼしてしまった豚まんの生地を拾っているようだ。床を汚されて不機嫌そうだった。

窓の外には、白い雪と夜泳虫の灯り。

常夜の冬では日常的に見られる光景だった。

いつまで続くかわからない日常。

しかし、咲楽はいつまでも続けていきたいと思うのだった。

あとがき

こんにちは。田井ノエルです。略してタイノエと呼ばれております。「タイノエ」で検索する際は、自己責任でおねがいします。

このたびは、『おちこぼれ退魔師の処方箋　常夜と現世の架橋』をお手にとってくださり、ありがとうございます。本作は、『おちこぼれ退魔師の処方箋　常夜ノ國の薬師』の続編です。

前巻から登場人物がそれぞれ成長しています。少しずつ生き方を覚えていった咲楽が前を向いて歩く話にしようと思いました。滑らかになったように見えて、やっぱり歪な関係。各人物と、咲楽の関わり方にご注目してくだされば幸いです。

マイナビ出版ファン文庫の担当者様、今回も非常にお世話になりました。体調に気をつけ、何卒、ご自愛ください。そして、引き続き装画を担当してくださった春野薫久様、AFTERGLOW様。細部まで美しく、幻想的な雰囲気の一冊になりました。これが自分の本かと、疑ってしまうほどに素敵です。

最後に、読者のみなさま。いつも温かい感想に支えられ、作品を書いております。そんなみなさまへの恩返しとなる一冊となれば幸いです。本当にありがとうございます。

田井ノエル

この物語はフィクションです。
実在の人物、団体等とは一切関係がありません。
本作は書き下ろしです。

田井ノエル先生へのファンレターの宛先

〒101-0003　東京都千代田区一ツ橋2-6-3　一ツ橋ビル2F
マイナビ出版　ファン文庫編集部
「田井ノエル先生」係

ファン文庫

おちこぼれ退魔師の処方箋
～常夜と現世の架橋～

2021年3月20日　初版第1刷発行

著　者　　田井ノエル
発行者　　滝口直樹
編　集　　山田香織（株式会社マイナビ出版）
発行所　　株式会社マイナビ出版
〒101-0003　東京都千代田区一ツ橋2丁目6番3号　一ツ橋ビル2F
TEL　0480-38-6872（注文専用ダイヤル）
TEL　03-3556-2731（販売部）
TEL　03-3556-2735（編集部）
URL　https://book.mynavi.jp/

イラスト　　春野薫久
装　幀　　AFTERGLOW
フォーマット　ベイブリッジ・スタジオ
DTP　　富宗治
校　正　　株式会社鷗来堂
印刷・製本　中央精版印刷株式会社

 ISBN978-4-8399-7502-9
Printed in Japan

Fan
ファン文庫

おちこぼれ退魔師の処方箋

常夜ノ國の薬師

著者／田井ノエル
イラスト／春野薫久

誰かに必要とされたい――互いを必要とし
結んだ契約、それはただの互恵関係なのか？

退魔師として「おちこぼれ」の烙印を押された咲楽。
彼女に手を差し伸べたのは同じ人間ではなく
常夜ノ國で医者をしている魔者の鴉だった…。